福田恆存の言葉

処世術から宗教まで

福田恆存

文春新書

1445

はじめに　古びない警句

浜崎洋介

　本書に収められた福田恆存の講演は、昭和五十一年（一九七六年）の三月から、翌昭和五十二年（一九七七年）の三月までの一年のあいだになされたものである。年齢で言うと、六十三歳から六十四歳の福田恆存による講演ということになるが、脳梗塞で福田が倒れるのが、その四年後の昭和五十六年（一九八一年）であることを踏まえると、記録として残されたものとしては、これが〝福田恆存、最後の講演録〟だと考えてよさそうである。

　講演がなされたいきさつについては、福田逸氏の「あとがき」を読んでいただくとして、さすがに一年間にわたってなされた講演なだけあって、話題の幅が広く、福田恆存を知らない読者にとっては、大筋が摑みにくい話になっている可能性がある――当日の観客の顔を見て、話を即興で繰り広げるところに講演の醍醐味はあるのだが――。そこで、「まえがき」に求められるのは、予《あらかじ》め講演の大筋を整理し、それを話の迷子にならぬための地図として読者に提示しておくことだろう。少しでも、講演の見晴らしがよくなることを願って、以下、話の要点を記しておく。

まず、福田は、「処世術はいいものである、処世術がうまくなくちゃいけない」と、社会のなかでうまくやっていくことを素直に肯定する。それどころか、エゴイズムを否定するような道徳（キレイゴト）を全て排して、ゴマは上手にするべきだと言うのである。もしそれが鼻につくようなら、それはゴマをする技術が拙《つたな》いだけで、処世術自体が悪いわけではない。福田は、生き方の問題を、まず精神論から切り離し、それを〝自分の欲望〟に沿った技術の問題に還元するのだ。

しかし、そこから翻って福田は、近代化と共に、次第に自分のエゴを素直に認められなくなってしまった日本人、あるいは、処世術を見失ってしまった日本人の現実に話題を移していく。というのも、近代日本人は、近代（西洋化）に適応すれば日本の現実に適応できず、日本の現実に適応すれば近代（西洋化）に適応できないといった分裂的現実を生きねばならなかったからである。かくして、適応異常の症状を呈することになった日本人は、その不安から逃れるために、文学なら文学、演劇なら演劇、政治なら政治と、本来なら繋《つな》がり合っていたはずの文化を切り分け、その区切られた枠組み（制度）の中に閉じこもろうとする傾向を見せはじめる。が、そうなると日本人は、ますますハエ取り紙に捕まったハエよろしく、処世の柔軟性を見失い、不自由になってしまうことになるだろう。

そこで福田は、改めて「個人の確立」や「精神の近代化」を言うのだが、ここで言われる「近代化」の意味合いは、いかにも福田恆存的である。それは〝近代化に呑まれない〟ことも含めて、全ての水平的な価値（場）を相対化できる自己の強さを意味しているのだ。

そして最後に、だからこそ、弱いはずの「個人」を強く支える日本人の「宗教」が語られなければならなかったのである。が、それは、もちろん処世から切り離された宗教ではない。処世の果てに見出されるべき宗教である。

最後に、この処世と宗教との関係を一言で纏めた福田の言葉を引いておきたい。

福田は言う、「人はパンのみにて生きるものではないと悟ればよいのである。さうしないと、パンさへ手に入らなくなる」と。そして、宗教を喪《うしな》った戦後日本人に対して、さらに、こう警告を発するのだ、「別に脅迫する気ではないが、自由、平等、民主主義、平和といふ徳目が戦後の日本人にやうやく根づいたなどと夢を見てゐると、とんでもないことになる」(「消費ブームを論ず」、『保守とは何か』文春学藝ライブラリー所収)と。

昨今のコロナ騒動を見れば分かる通り、すでに「とんでもないこと」は起こりはじめているかに思えるが、実際、日本人の処世下手と、宗教音痴と、軽薄な徳目好き(偽善への鈍感)は相変わらずである。福田恆存の言葉が古くならないわけである。

(文藝批評家)

福田恆存の言葉

処世術から宗教まで

◎目次

本書は、現代演劇協会主催で行われた三百人劇場土曜講座「連続講演『処世術から宗教まで』」を収録したものです。なお、音声テープから文字起こししたものに、活字で読みやすくするため加筆しました。

第一章　処世の技術

昭和五十一年（一九七六年）三月六日

「国家だったら国家の経営、あるいは国家の政治ということがあって、国家の政治がよくて個人の処世術がなぜいけないのか。政治の技術がよくなくちゃいけないとするなら、外交の技術、あるいは軍人だったら戦争をする技術、そういうものを身につけるのは当然なので、個人が人生を生きていくのに処世の技術というのを身につけないという法はない」

はじめに

今日の私の話の「処世術から宗教まで」というテーマに入る前に、現代演劇協会の理事長として、こういう企画をしたプロデューサーのごあいさつをいたします。どういうわけでこういうことをしたかと申しますと、私はご承知のように八百屋稼業であります。芝居を書いたり演出したり、あるいは翻訳したり、そういうことをやっております。そうしますと、文壇の中には演劇は含まれない、戯曲は含まれないらしいのでありまして、この文壇の連中には「なぜお前は文芸評論や文学をやらないのか」と言われるんです。そうかと思いますと、私が国語問題についていろいろ論じたこともありますので、「このごろお前、ちっとも国語問題のことを書かないじゃないか」と、そっちのほうから叱られる。それから、一方今度は政治問題、社会問題について書くこともありますけれども、そういうことをやらないでいると、「どうしたんだ。何もしてないじゃないか」と。私は始終何かしているのでありまして、すべてをやるわけにいかないので、私のやりたいことをやりたい時にやっている。ただ、劇団のほうはやりたいことをやりたい時にというわけにはいかない。役者のスケジュール、劇団のスケジュールというものがありますので、そうはいかないんですが、大体そういうふうにやっております。

　そうしますと、私の経験では、文壇の中へ入っていきますと、話はいつでも現代の小説の話しかしない。劇団の中へ入っていきますと、芝居の話しかしない。しかもその芝居も、自分たちのやっている芝居の話はなるたけしないで、他の悪口を言う（笑）かもしれません。それから、国語問題の会へ参りますと、国語問題の話ばっかりやっているんです。そういう具合で、すべて日本のそれぞれの仕事をしている人たちが他のものに関心を持たない。関心を持たないだけならいいんですけれども、あまりに一つことに関心を持ちすぎる――そう言うといけないかもしれない、私のほうが一つことに熱中しないのでいけないのかもしれませんけれども――とにかく、どこへ行っても私はよそ者だという感じを抱くんです。ですから、この三百人劇場で、大きな夢ですけれども、ここでいろんなことをやってみたいのです。

日常生活の経験から

私がこれから連続で話そうと思っていることは何かと申しますと、今申しましたように処世術から宗教までは何でも入るんですが、思いつくままに喋ろうということと、一つは、講演会とか講座とか申しますと一方的に一方通行でこっちから向こうへ喋っているだけというのが普通なんですが、これはできるかどうか、私も一つある大学で教えていますけど、なるたけ教える、いえ、教えるというと少し——ここは学校じゃないんですが——教える者と教わる者とがもっと交流したかたちの講義ってできないものかと、何年間か工夫しましたが、いまだにうまくいかない。まして、フリというと少し失礼ですけれども、フリのお客さんとうまい具合に話し合いができるだろうかと。たとえ言葉で話し合いができなくても、何かそういう、普通の講演会よりは身近な、無言のうちの問いかけがあるような、そういう場にしたいと。これが二百人劇場という小さな小屋のミソでありますから、そういうかたちで喋っていく。ですから、この処世術から宗教まで順序よくやっていくというんじゃなくて、処世術の話をしたと思ったら宗教の話になっちゃったということがあったり、今日の話が三回目にまた繰り返されるというようなこともあるでしょう。そういうふうにやっていきたいと思います。

ですから、喋ることも思いつくままに勝手にやっていこうと。私は何もソクラテスやハイデッガーや孔子と張り合ってここで大問題を語ろうなんていう気はないんです。私は私流に、日ごろ自分の日常生活の経験から考え、思いついたことを語っていこうと——そういうことを考えているわけです。ですから、当然先ほど申し上げました支離滅裂や矛盾が出てくるだろうと。それから、急に話に詰まっちゃってとんでもないところへ飛んじゃったりすることも出てくるだろうと。それがどうも本当の考え方の方法じゃないかと思う。考え方というのはそういうものじゃないかと、居直ったような言い方ですが、そういうやり方で話していくことにいたします。

小説と生活の間

前半の講演での小林（秀雄）さんの小説の話で、疎外とか何とかっていう問題が出たので、小説の話からいくことにいたします。小説に書かれていること、あるいは小説家が小説に書く時と自分の生活というものとの間に、何か隙間風が吹いているということに最初に気づいた作家は、私は二葉亭四迷だと思うんです。日本の近代で言えば、二葉亭四迷ではないかと。ご承知のように、二葉亭四迷は明治二十年、二十一年、二十二年と三年間にわたって『浮雲』第一篇、第二篇、第三篇と発表して、その『浮雲』は三篇までで未完のまま終わってしまったんです。『浮雲』をお読みになった方は覚えておいででしょう。若い時にお読みになって忘れてしまったという方もいらっしゃるとは思いますが。

　簡単に大まかに、筋というより、どういうお話かということを申しますと、あの中で文三《ぶんぞう》という主人公がいて、本田昇という友達がいて、あれはどこだったか――「どこだったか」って、こういう調子で話そうと思うんです――覚えてない（笑）。ともかく、どこかの役所へ勤めているんですね。本田昇は非常に社交的で上役の受けがいい。ところが、文三――内海《うつみ》文三です。今、名字のほうを思い出しました。さっきはごまかしていたんです（笑）。名字は「内」という字に「海」という字を書く内海文三という、この文三のほうは処世術が下手で、うまくいかない。それで、上役のご機嫌を損じてクビになってしまうんです。その内海文三が叔父の家に寄宿しているんです――まぁ、下宿ですね、日本の文学というのは必ず下宿が出てくるので、私は下宿文学だと悪口を言ったことがありますが――この内海文三の下宿している家に従妹のお勢《せい》という娘がいまして、その母親にお政《まさ》というのがいて、そのお政が初めは内海文三にお勢を片付けようと――大学出て、明治時代、明治二十年の頃ですから、役所に勤めているというのは、これはもう非常に娘を持つ親としてはまさに金的なので、狙っているわけです。

未完のまま終わった二葉亭四迷の『浮雲』

それで、陰に陽にけしかけて、お勢もその気になっていたんですが、内海文三が幸か不幸か職を失ってしまう。そこへちょいちょい遊びに来る本田昇というのが、これが非常に女性に対してもうまいし、栄達の道を歩いているというので、お政は直ちに転轍《てんてつ》機を切り替えまして、お勢をこの本田に片付けようとする。ここから内海文三の苦悶が始まるわけであります。この苦悶の姿というのは、私は読んでいて嫌になっちゃって。こんなにウジウジした男というのがいるものかなと思って。それで、これは二葉亭四迷がそれを冷たく、なんとウジウジした嫌な野郎だと思って書いているのか、それとも自分の、二葉亭四迷自身の当時の不満がそのままそれに乗り移っているのか、これはいまだに私ははっきり断言できないんです。これはちょっと本当のことは分からないんです。後年に至って明らかに四迷は内海文三を否定的に考えておりますけれども、あれを書いていた当時の二葉亭には、多分に世の中に受け入れられない憤懣《ふんまん》というのがあって、あそこに出ていたとしか思えない。さもなければ、あの女々しい文三の姿というのは出てこなかったろうと思うんです。そういう文三というのが描かれているんです。

　これは未完で終わっておりまして。ただ、腹案として残っていて、われわれに分かっていることは、本田昇はお勢をもてあそんでそのまま捨ててしまう、で、内海文三は発狂しちゃう。あの、ご承知のように二葉亭四迷はロシア文学の研究家であり、またロシア文学に詳しい人だったので、ロシアの自然主義文学というもので世紀末の文学の影響を受けていて、世紀末の知識階級の姿を内海文三に移し植えようとしたわけなんです。それと実際の自分の煩悶、あるいは明治二十年前後の日本の知識人の悩みというものとが果たして同じであったかどうかというと、これは私は非常に疑問があると思うんです。私が疑問があると思う以前に、二葉亭自身が疑問があると思っちゃったのでしょう。ついに『浮雲』は三篇で未完のまま終わってしまいました。

明朗快活な『坊っちゃん』

同じような自分の社会生活、あるいは勤め先における不満というものが、もう少しのちに夏目漱石の『坊っちゃん』に描かれております。あの『坊っちゃん』というのは痛快な小説で、さっき私が申しましたような内海文三のウジウジしたような、あるいは女々しい——ここに女のかたもいらっしゃるので、女々しいというのはちょっと気が引けるんですけれど。文三は女の腐ったほうでありまして、腐ってない女のかたは別なんです。だから、男のくせに女の腐ったような、そういう男ですね、そういうのを書いている。『坊っちゃん』というのにはその影が一つもありません。非常に明朗快活である。彼の考えている道徳的な基準、あるいは処世の基準というのは、非常に単純な日本男児の正義感。あの当時の日本男児の正義感だったんです。ですから、当時のインテリばかりじゃなく今のインテリでも、うっかり見ると『坊っちゃん』のほうが単純だと思うかもしれません。で、内海文三の悩みというのはもっと深刻で、もっと知識階級的だというふうに思うかもしれませんけれども、私は『坊っちゃん』のほうが好きなんですね。

最後に画学教師の野だいこに卵をぶつけて、山嵐も赤シャツをやっつけて、敗北します――失職するんですから敗北には違いないけれども――その敗北の仕方が痛快で。そして、最後には幼い時から自分と一緒にいた下女の話で終わるというところなどは、実に本当の意味の日本的なもので、これは後年の漱石の小説はもっと深まっていると言われますが、ある意味で言えば『坊っちゃん』のほうが端的に当時の日本の知識人、あるいは漱石という人を映し出していたということが言えると思うんです。それが、後年の小説になると自然主義の影響を受けて、自然主義文学はかくあるべきものだというようなものがいくらか入ってくる。でも、さすがに漱石ですから、普通の自然主義作家のようなつまらないものは書きませんでした。しかし、今申し上げたような弱点というものはちょっと見られると思うのです。

『浮雲』のほうですが、現代の文学史でも通説となっているのは、『浮雲』はどうも西洋というものを知った知識階級が、その西洋の目から見て日本の現実はいかに醜いかということ、その悩みだと――西洋の理想主義――西洋から得た理想ですね。それから西洋から教わった理想と日本の現実との間の悩みということ、その板挟みになった悩みというかたちで受け取られている、そしてそういうふうに評価されているんですけれども、私にはどうしてもそうは思えない。二葉亭はそれからのちに小説にはほとんど筆を執らないで、明治三十九年かな、その頃に『其面影』というのを一つ書いて、最後に明治四十年に『平凡』を書いて、それで小説というものをやめてしまいました。『平凡』は、ちょうど日本の近代小説が始まったといわれる田山花袋の『蒲団』の後に書かれて――『蒲団』も四十年に発表されたんですが――『平凡』は四十年の末に書かれました、これは『蒲団』のパロディーであることは明らかです。それから、『坊っちゃん』を多少意識して書いているんじゃないかと思われる節がある。

それはともかくとして、『平凡』では明らかに文三というものの変身として、その主人公がくだらない文学などにうつつを抜かして、ついに親の死に目に会えなかった、それでお父さんの死というものにぶつかって、今までの生き方は間違っていたことをガーンと頭を殴られたように悟ったというかたちで終わっているんです。そういうところから見ると、その当時の二葉亭は既に文学というものが、西洋的な文学の方法論——方法とか、あるいはものの考え方とか——そういうものが、現実の日本と合わないということを意識していたんです。

技術としての処世

これは少し話が、調子がずれて文学論になっちゃいました。私がここで申し上げたいのは、当時ばかりじゃなくてこんにちでも、「あいつは処世術がうまい」ということを言う人がずいぶんいると思うんです。私自身だって人のことをそういうことがありますし、若い時にもそう思ったことはあります。しかし考えてみると、処世術がうまくてどうして悪いんだろうか。処世術はうまいほうがいいんじゃないだろうか——。

ところが、処世術というと私たちは何か悪いもののように考えているんです。そこで私は、処世術はいいものである、処世術がうまくなくちゃいけないと——私がプロデューサーとしてこういう三百人劇場の講演会をやるのは、これは経営術なのですが、この経営術というのは処世術なんでして、企業では経営ですが、個人では処世なのであります。だから、国家だったら国家の経営、あるいは国家の政治ということがあって、国家の政治がよくて個人の処世術がなぜいけないのか。政治の技術がよくなくちゃいけないとするなら、外交の技術、あるいは軍人だったら戦争をする技術、そういうものを身につけるのは当然なので、個人が人生を生きていくのに処世の技術というのを身につけないという法はない。

ゴマはうまくすればよろしい

それを、処世術を軽蔑する考え方というのは、一体どこから生じてきたんだろうなと私は思うんですが、一つは武士道の中にもそういうものはあったかもしれないし、明治に日本が受け入れた西洋のプロテスタンティズム、それから、キリスト教に限りませんけれども、文学などから考えた一種の理想主義、そういうものが一緒になって処世術を軽蔑しているんじゃないかと思うんです。私は、できることなら処世術の達人になりたいと思うのですが、どうもまだうまくいかないで、失敗ばかりしている。ゴマすりといいますけど、ゴマはすったほうがいい。すり方のへたなのがいけないので、うまくすればよろしいわけなんです。だから、そういうことを技術という点で考えていくことが必要ではないかと思う。

　遺憾ながら、私、今まで人が成功していて、これだけ立派な人をなぜこの世の中は捨てておくのか、もったいないと思うような例に、全然とは申し上げませんが、ほとんど出会ったことがないんです。世の中からうまく扱われていない、よく扱われていない、あるいは仲間からよく思われていないという人間をよく見てみますと、ちゃんとそれだけの理由があるので、不当にそういう目に遭っている人というのも、これまた全くといっていいぐらい出会ったことがないんです。ですから、そういうことを考えていきますと、そんなに世の中は不当に人を遇してはいないんじゃないかと。処世術というものをまず技術としてとらえる。で、これを大いに練磨する必要がある――人の気持ちを害しないようにということを考える、あるいは、人の気持ちをよくするように考える——人をもてなすということ、これは非常にいいことなんだと。それは、例えば礼儀作法、そういうものにも通じていくので、それを軽蔑しては間違いであると。

『葉隠』は見事な処世術の本

例えば『葉隠』という本がありますが、この『葉隠』はずいぶん誤解された本で、例えば「武士道とは死ぬことと見つけたり」というような言葉がありますが、あれは切腹の勧めを書いたんじゃない。戦争中は特攻隊というものと結びついて非常に人々の口の端に上った言葉ですけれども、あれは処世術なんです。『葉隠』というのは、よく読んでいくと、あんなに見事な処世術の本はないと思うくらいです。「武士道とは死ぬことと見つけたり」というのは、死に急ぎでは決してないんです。その後を読むと、「武士道とは死ぬことと見つけたり」と言っておいて、そしてなぜそういうことを言うのかというと、人間というものはどこか右に行かなきゃならないか左に行かなきゃならないかという岐路に立った時には、どうしても易しい方法を選びたがるものだと。だから、そういう時に難しい方法を選べと——生か死かというような場合には人は大抵、生きいいような、より生きやすいような方向を選びたがる。それよりは、死ぬぞという方向を選べということを言っているんです。それが一種の処世術だと思うんです。それをいきなり「武士道とは死ぬことと見つけたり」というこれだけ持ち出して振り回すと、何だか一生懸命切腹を勧めているように見えてしまうが、決してそうじゃない。

それから、もう一つ私が覚えていることで、『葉隠』の中でこれは見事なものだなと思ったのは、よく普通の武士道的な考え方でいうと、直諫《ちょっかん》の士というのは非常に褒められやすいものです。直諫の士というのは、自分の君主が間違ったことをした時に、面《おもて》を冒《おか》して君主をいさめるという家来。これはテレビドラマでもきっとウケるに決まっている役なんですが、そういうのを『葉隠』の著者山本常朝はいかんと言っているんです、それは決していい道じゃないと。なぜなら、それは首が飛んじゃうからという危険もありますけれども、君主にせよ友人にせよ、友達にこういうことを言ってやりたい、注意してやりたいと思った時に、すぐ「お前、こういうところがいけないじゃないか」と、そういうことを言うのはよくないと。第一に考えるべきは効果であるということを言っている。どうしたらば友達の持っている欠点、それを友達が反省して、あるいは君主が反省して、それを直そうとするであろうかと、そういうことをまず考えろと。そうして、それを考えた時に、自分が直接言うよりは、この中の誰を通じてそれを言ったらいいかということを考えなさいと。君主の場合でも友達の場合でもそういうことを考えなさいと。目下の者についてもそういうことを考えろと。そういうふうに適当な人を選んで、その人に頼んで言ってもらうのがよろしいということを書いていますが、これも生きる技術、処世の方法なんです。

　これが現代の企業でいうと、社長が悪いというとすぐに社長に向かって――よくそういう人がいますよ、「俺はそういうのは遠慮しないんだ。上役がなんだってんだ」というようなことを結構威張って自慢にして、「遠慮なく言って、それで通ってるんだ」と言いますけど、それは陰でどこかうまくよろしくやっているところがあるので、ただそればっかりやっていたらクビになっちゃうかなんかするんです。だから、結局は何かその人は、たとえ上役に対して直諫の士のように見えても、どこかにうまく愛嬌があってやっているというところなどがあるに違いない。ですから、処世術というものは非常に必要だと。

立身出世がなぜ悪い

これは明治時代から、二葉亭の頃から出てきている考え方ですけれども、立身出世というものを非常に軽蔑する。実際は立身出世主義で生きているのに、立身出世主義はいかんという。しかし、立身出世というのはどうして悪いんだろうか。身を立てて世に出るというのは、どう考えてもその四文字の中に悪いことは一つも含まれていない。それで家名を上げるというのはいいことですね。これは私はある場所でも話したことがあるんですが、シェイクスピアの作品中、ことに多いのはローマの歴史から材料を取ったもの——例えば『アントニーとクレオパトラ』だとか、『ジュリアス・シーザー』だとか、『コリオレイナス』とか。そういう作品の中でことにそうですが、そうでなくても『オセロ』でも『ハムレット』でも何でも、喜劇の場合でもですが——一番多く出てくる言葉は、私はいわゆるシェイクスピア学者じゃありませんので統計を取ったことはないんですが——私が気になるほど多く出てくる言葉はhonorという言葉です。これは、ローマに題材をとった場合にはプルターク英雄伝を参照しています。ほとんどシェイクスピアはプルタークの英雄伝によって書いているんですが、ローマでは名誉感が強かった、だからそれが出てくるんだということにはならないので。いくらプルタークの影響を受けたからといったって、イギリスのエリザベス朝時代にそれを受け入れる土壌がなかったら決してそういう作品は書かれなかったはずなんです。

ですから、当時のエリザベス朝時代でもhonorというのが多いのですが、このhonorというのをどう訳したらいいかといつも困るのです。非常に幅が広いんです。しかし、一番根源にあるのはメンツですね。よく日本人は恥の文化といって、日本独自のように恥じたりなんかしているんですけれども、これはおかしな話で——シェイクスピア、アングロサクソンも恥の文化ですね。honor——自分のhonorが傷つけられたといって手袋を投げつけるという、これはあの当時からあるんです。で、それは家名とつながっているんです。自分の家の名を辱めたということにつながっています。したがって、そういう意味で立身出世、家名を上げるということは立派なことなんです。

人間はみんなエゴイスト

それと関連してここで皆さんに考えていただきたいのは、エゴイズムということなんです。処世術はなぜ悪いのか、ゴマをするのはなぜ悪いのか、ゴマをすって世の中で偉くなるのはなぜ悪いのかということをまず私は言ったわけであります。もちろん偉くなりたくないなら偉くならなくてもいいんです。だけど、人間ってどうもひねくれた人が多くて、実際はそうじゃないのに、例えば出版記念会の案内状なんていうのは、来ると「うるせえな」といって欠席するくせに、来ないと「なんだ、俺のところには来ねえや」といって文句を言う（笑）。そういう心理というのはあらゆる面に働いているものでして。自分がゴマすりが嫌で出世なんかしたくないんだと、のんきに暮らしていたいんだというんだったら、人のゴマすりに腹を立てたり文句を言ったりすることはないんです。ところが、実際は自分も出世したい。それなのに、あいつはゴマすりがうまくて俺はへたで、といって文句を言う。それだったら、それほど出世したかったらやっぱり一生懸命ゴマすったらよさそうなものですが、それはやらない。やらないんじゃなくて、やれない。自分の無能力から来ることに過ぎないんです。やれたら必ずやったに決まっているんです。

　そういうことを考えてみますと、エゴイズムという問題に考えを移していくと非常に分かりやすいと思うんです——エゴイズムをあんまり道義論から考えない、理想主義から考えないで、技術として考えてみたらどうかと。人間はみんなエゴイストだろうと。これはドストエフスキーの言葉を借りれば、「自分がお茶一杯飲むのに事欠かなければ世界はどうなっても構わない」というのはよく正直なことを言ったものだと思って（笑）——感心しているんですが、実際そうなんです——いろいろ騒ぎますけれども、ベトナムで人が死んでいく、そうすると「大変だ」と言うんですが、決してそのために食欲が減退したという話は聞いたことがない。事実そこで悲惨な目に避難民が遭っているので、写真などを見せて、子どもの写真なんか私は見るのも嫌なんですけれども、私よりも痩せ細っているような子どもの写真が出て、あれはやっぱり商売で出しているのに違いないんですよ。それをヒューマニズムで出しているような錯覚に陥って、それを見て、それじゃあ今日は飯が食えないかというと、決してそんなことはない。それを材料にしながら一杯飲みながらやっている——これはどう考えても何かが狂っているんじゃないか、正常じゃないと思うんです。事実、今、ロッキード、ロッキードで騒いでいますが、アンゴラあたりでは大変な騒ぎが起こって、人命が失われることが起こっているんだけど、そういうことは平気でおりますね。汚職なんかよりもそっちのほうがヒューマニズムの上では重大問題じゃないかと思うけど、そうじゃない。

利己主義は損をする

つまり、実際はみんな自分のことしか考えておらんのだというふうに、まず割り切ったらいい。自分もそうだし他人もそうだと。それは道義上よろしくない、あるいは道徳上よろしくない、あるいは体裁がよくないというようなことをまず考えないで、エゴイズムがなぜ悪いのかということを、やはり処世術の面から考えたほうがいいんじゃないかと思うんです。道徳の面から考えない。処世術の面から考えると、エゴイズムってあんまりいいものじゃないんです。エゴイズムをあんまり発揮しますと、処世術上損をするということから、エゴイズムはよくないぞと、そういうふうに思えばいいんです。エゴイズムは日本語で利己主義と訳しますね——利己というのは己を利するという意味ですが、己を利することに徹すると己の利にならないという結果が出てくる。これは事実でありまして、やはりあんまり自分のことばかり考えて、自分の得のことばかり考えている人というのは、相手が嫌がる。時々思いやりのある様子を見せないと具合が悪い。だから、これもやっぱり技術と考えたらどうかと。

人生は貸借関係

エゴイズムの点からいったら、相手が得をするようにしたほうがいい。相手の気持ちをよくするのもそうでしょう。「あなた今日はきれいね」と、こう言ってやると、向こうの態度が少し違ってくる。ことによったらコーヒーが向こう持ちになるかもしれない（笑）。だから、エゴイズムの観点からいっても、「きれいね」と、こう言ったほうがいいんです。自分が得をしようと思ったら、相手をおだてたらいいというふうに考える。そういうふうに考えていきますと、エゴイズムの問題も非常にさっぱり片が付くので、エゴイズムもほどほどにしないといけないんだなと。あるいは、自分というものを守り立てるためには、銀行じゃないけど、相手に貸しを作っておかないといけない。なるたけ貸しを作るようにしておく、そうするとこっちへ戻ってくる。要するに、人生は貸借関係だと——エゴとエゴとが貸借関係を行っているものだと。そうすると、処世術でもってそれをうまく帳簿に毎日付けておいて——頭の中に付けりゃいいので実際に付ける必要はないですけれども——あいつにはこれだけ貸してある、まだこいつは回収つかないな、というようなことも考えながらやる。実際は、そうやって生きているんだという自覚をまず持つことが必要じゃないか、みんな大抵はそういうふうにして生きている。

　これを道徳の問題として考えるには、また他に一つ手続きが必要になるので、まず私は道徳論でいかないで、是非、処世術の問題からいったほうがよろしいと。今私はエゴイズムの例を挙げましたけれども、何でもいいからいろいろ大それた問題として取り上げられている問題を、全部この処世術、損得の問題に還元してみる、それができないものがあるかどうか一応やってごらんになる――もしそんなことばっかりやっている人間を見たら、私は嫌なやつだと思って付き合わなくなりますけれども――一応自分でやってみることです。言い換えれば、他人のことはどうでもいい、自分をそういうふうにして反省してみる。自分の場合にみんなそれで片付きやしないかなと――いや、なにもかも片付くとまでは決して申しません。若い方々は決してそうじゃないと思います。しかし、若いうちはとかく観念的な理想とかそういうものに燃える。それは事実燃えるので、それはいいことなんです。しかし、燃えるあまり、それで自分が動いていると錯覚を起こす、あるいは自己欺瞞《ぎまん》をすることが多い。それを一応避けるために、何でも俺のやっていることは全部処世術に還元できる、換算できることじゃないかなというふうに、一応考えてみる。自分のことだけ、人のことはどうでもいいですから、自分のことだけ考えてみる。そうしますと、それでもって全部自分の中にある理想主義めいたものがそうじゃない、花のように美しく見えたものがそうじゃないということになった時に、荒涼たるものが出てくるので、そこに一粒の麦が落ちて芽が生じやしないかということを考えたほうがよろしいのではないか。

今日の最後は非常に荒涼たるところで終わりましたけれど、毎回荒涼たるところで終わるかもしれません。そうしたらそれが私の考えていることになりますが、必ずしもそうとも言えますまい。

第二章　近代化の逆説

昭和五十一年（一九七六年）四月二十四日

「戦争というのは軍隊だけがやるものじゃない。それは背後に経済力がなければどうにもならないんですけれども、資源とか経済とかそういう問題を抜きにした、軍隊だけは世界一流の海軍、世界一流の陸軍というものができても、戦争には負けるという結果を招いたんです」

天下国家と実生活

今日は私の話の二回目になるわけですが、現代の小説の場合を見ましても、いろいろ大それた問題をみんな取り上げているわけです。大衆小説の場合はいいんですが、その場合でも、かなり大それた問題を取り上げております。皆さん、そういうものはお読みになってらっしゃらないかもしれませんが、眠狂四郎などというのは大変な虚無主義者なんですけれども、ああいう虚無主義というような大きな問題を手軽に取り扱う。効果の上からでしょうが、そういうことをやる。まして純文学となりますと、非常に大きな問題を取り扱う。それで、これはサルトルの名台詞ですが、世界で二十億だか三十億だかの民衆が飢えているのに小説など書いていられるか、というふうに言う。というのは、これは小説家がいつも大それた問題を扱っているということの証明であり、あるいは、大それた問題を扱わなければ文学者とは言えないというふうに考えている証拠でもある。このサルトルの論法をもってしますと、何でもかんでも小説家や文学者に限らず誰にでも言えるわけで、世界で三十億の民が飢えているのにこんなところで講演会をしていられるか、というようなことにもなってくる。ましてや芝居などやっていられるか、ということになってくる。そのことをこの前、サルトルの言葉は引きませんでしたが、「ベトナムで難民が出ている、その時に三度の飯が食えるか」というようなかたちで私はお話ししたと思うんです。

そういう、それほど大問題ではなくても、やはりものを書く以上は天下国家の問題、あるいは日本の社会の問題、小さきは――小さきと言うと怒るかもしれませんけど、公害の問題とかなんとか、そういう問題でも取り上げるというかたちを取る。つまり、自分が大きな問題を処理しようとして論文を書く、あるいは小説を書くわけです。けれども、それと自分の日常生活というものを比べてみると、どうもその間に隙間風が吹いているように思う――小説や論文を読むとしますね、その時、著者自身、あるいは書かれた文章そのものから、ほとばしり出るような憂国の感を感じられるか、あるいは非常に人間性そのものについても憂えている、そういうものが、その著者の実生活でどの程度に生きているのだろうかということ――それを私は疑い始めた。それは自分自身の経験からなんですけれども、私自身が、どうも書いている時に、「これは大問題である、あるいはこれはどうにかしなきゃならない、どうにかならなきゃ腹切って死ぬ」というほどに思っちゃいない。普段そういう問題があってもいつもと変わらない生活をしておる。

身も蓋もない話

それにもかかわらず、書く時にはその人の頭にはその問題がいっぱいであるかのようなかたちで書かれる。そういうことがどうもおかしいんじゃないかと。だから、ものを書くということ自体を私は非常に疑問に思っているんですけれども、それは書くことがいけないんじゃなくて、書き方がいけない、あるいは、ものを書くということの態度がいけないのではないかと。つまり物書きというもの、小説家や文学者、あるいは評論家でもいいんですが、そういう人たちが一手《ひとて》に天下国家の憂いを背負って立つ、あるいはその問題解決に当たるという責任、そういうものを感じすぎているのがいけないんじゃないかと。もっと正直に言うと、感じたふりをしているのがいけないんじゃないかということが、この前の問題だった。

結局それだから、そういう自己欺《ぎ》瞞《まん》をやらずに、いろいろ自分の言動を一つ一つ皮をむいていってみると、はっきり出てくるのは処世術の問題じゃないか。みんなこの世の中で居心地よく過ごす、世に処するということに成功すればよろしいということではないだろうかと。それに関連して、エゴイズムがいけない、いけないと言うけれども、結局はみんなエゴイズムで生きているのではないだろうか、みんな自分さえ良ければいいんだと。自分さえ良ければいいんだというと言いすぎに聞こえますが、「俺はそうじゃない。やっぱり他人も良くなくちゃいけない」と言ったところで、他人の不幸を土台にして成功すると、それがあまり直接的だと、どうも不愉快だというだけのこと。それが間接的になればなるほどいいわけなので、感じなくなってくるのです。だけど、世の中は大体において誰かが損することによって誰かが得することになって、みんなが得するというふうにうまくできていないんです。そういう意味では、みんなエゴイストではないだろうかという、身も蓋もない話を最初にしたわけです。それで、それを道義感とか正義感とかというものと、自分の考えているエゴイズムというものとを混同しないようにと。私は正義感や道義感というのを否定するんじゃないんですけれども、甚だ低い次元で慌てて正義感や道義感を持ち出してこないで、一応俺はエゴイストではないか、自分はエゴイストではないか、この行為は自分のためにやっているんじゃないかというふうに考えてみたほうが安全だというお話をこの前はしたわけです。

日本の近代文学は輸入のまた輸入

その時に、二葉亭四迷の『浮雲』という作品から、文三という主人公、これがインテリで、日本文学史上に現れた最初の知識階級だという文学史の定評を、私はこれを間違っていると言ったわけです。あれはロシア文学に出てくる余計者とか、あるいは落伍者で——ロシアというのはご承知のとおり、ヨーロッパにおける後進国でありますから、その当時のインテリは西ヨーロッパ、つまり、西ヨーロッパといってもイギリスではなくてフランスを先進国と考えていて、それから比べると何とロシアは遅れていることかと——それは社会制度その他ばかりではなくて、民衆の意識その他が遅れているということで、知識階級は、チェーホフの作品に出てくるような知識階級、いや、チェーホフばかりじゃなくて、ツルゲーネフの小説や何か——余計者という言葉はツルゲーネフから出ておりますが——インテリはどうもこの社会で自分のあこがれるヨーロッパの理想、西ヨーロッパ、すなわちフランスから自分が知った理想というものと、ロシアの現実とが合わない。もちろん自分の精神的祖国であるフランスの考え方、意識のほうが、進んでいて正しいので、現在のロシアが駄目だというふうに否定してかかる。

それを日本の近代文学がみんな輸入して、そのとおりまたやったわけです。ですから、輸入のまた輸入であるわけです。主に日本の自然主義文学というのは、二葉亭もそうですが、二葉亭はことにロシア文学者ですから、ロシアの文学を勉強した。つまり、ロシアの文学自体が輸入品である、輸入思想であると言ってもいいのですが、それをまた日本に輸入した。だから、最初からあまりの理想家、あるいは優れた人は、現実の世俗の世界に適応できないということは、これは一つの真理として認めてもいいと思うんですが、その逆が必ず真であるか。適応できないものは必ず優れた理想家である、あるいは情熱を持った理想家であるというふうに言えるかというと、そうは言えないのであって、言えないにもかかわらず、そういう考え方が日本に入ってきてしまったわけです。つまり、それも大学を出なきゃいいんですけど、大学を出ても、大学ではみんな西洋の思想を教わる、それを教わった人間が、かえって教わったために現実に適応できなくなったというふうに考えられる。そして、適応できないことが一種のインテリである一つのアイデンティティになる、自己正当化になるというふうになってくる。それがそのまま、こんにちまで来たと考えられるんです。

なぜ日本は近代化できたのか

しかし、これは文学の世界ばかりではなくて、日本の近代化というものを考えてみますと——だいぶ前に途中でやめちゃったんですが、近代化試論というものを「文藝春秋」に書いたこともあるんですが——日本の近代化を考えてみますと、人体において西洋という異質の文明、文化を輸入した、それにうまく適応できたか、できないかということで決まる。日本ばかりではなく、アジアの国々を眺めてみますと、日本ほど見事に適応した国はないわけです。これはいい意味でも悪い意味でも、日本ほど見事に西洋を自分のものにしたという国は他にないと。これは私ばかりじゃなく、誰でもが認めるところだと思うんですが。皆さんテレビのＮＨＫ特派員の報告などを時々ご覧になっていれば分かると思いますが、インドだとか、あるいは東南アジアの国々というものを見ると、どうしても日本ほど西洋化したとは言えない。それどころか、日本の江戸時代以前であるということがお分かりになると思うんです。これはまだインドの元の首相のネルーが生きていた頃に、日本へ来て言った言葉で有名な言葉があります。「どうして日本はこんなに早く近代化したのか」と。これが自分たちの理解できない日本の秘密だ、ということを言ったことがあるんです。これは、日本が西洋にうまく適応したということで、それは一つには、江戸時代という一つの立派な政治体制、社会体制というのができていた、素地ができていたということもあると思いますが、もう一つは、これはある意味で成功を獲得するために犠牲を払ったということも考えられる。

日本的なるもの

つまり、「日本的なるもの」というものを潔く捨て去ったということです。これは私世代の年齢の者にはないんですが、私の両親ぐらいの年齢の者はみんなそうなんです。つまり、西洋というものは素晴らしいものだと。訳が分かりもしないのに歌劇なんか聴いていて――私の母親は、これは石工の娘でありますから、何も分からないんです――それが歌劇なんか聴いていて、「これは西洋人か？」と言うから「そうだ」と言うと、「さすがうまいね」と。初めから「うまいね」とは言わないで、「西洋人か？」と確かめておいてから言うところが、なかなか処世術がうまいと思ったんですが(笑)。そういう意味で、西洋のほうが優れていると。もっとも長唄を西洋人が歌ったってこれは駄目でしょうけれども、西洋から来たものにおいては西洋のほうが優れていることとは、これは間違いのないことなんです。それで、長唄よりは西洋の歌のほうが高級だ、近代的だというふうにみんな思っているわけです。そういうわけで、近代化という点で、日本はそういう伝統的な文化というものを早く捨て去った。

一番大きなのは宗教ですけれども、これはある意味で言うと本当に捨て去ったかどうかというのは、もっと深刻に考えてみないと分からないが、一応、例えばインドのような国から見ると、そういうことが言える。汚いガンジス川に飛び込んで、なんていうことを日本人はやらないですね。ある時代まではやっていたと思うんです。例えばどこだったか忘れましたけれども、お地蔵さんで眼病に効くというので、お地蔵さんに甘茶かなんかをあげて、それで目をこすったりしている。これはずいぶん危険な話ですけれども、それをやる。それに似た話はローマにもある——私は、日本というのはずいぶん遅れているということを散々戦争直後に言われまして——その後ローマへ行ったら、有名なローマのバチカン宮殿のそばにあるペトロ寺院、あそこへ行くと聖ペトロの像があるんですけれども、それのつま先にみんな若い男女も含めて接吻《せっぷん》していくんです。これ、自分の前に肺病の人間が接吻したらずいぶん危険な話だと思ったんだけども。日本よりは多少、今はそうは言いきれないですけれど、当時としては先進国であったイタリアでも同じようなことが行われている。しかし、それにしても日本というのは、見事にそういうものを——見事にというか、適当に——いや、適当にだから見事になのかもしれませんけども、要らないものは捨て去る。つまり、近代化に要らないものは捨て去ったということです。

明治の元勲と大東亜戦争

ちょうど明治の頃に、西洋のそういう、品物ばかりじゃなくて、政治制度その他も移入したわけです。民主主義というのは戦後始まったわけではなくて、これはほとんど主にアメリカの学者たちが言い始めたことですけれども、明治以来民主主義というものが日本では芽生えた。それが徐々に花開きつつあった時に、大東亜戦争が起きてしまった。これがどうしても分からないということ、これは事実ライシャワー氏自身がそういうことを言っておりましたけれども、そういう点では、あの当時の明治のいわゆる元勲と言われる人たち、大久保利通とか、あるいは伊藤博文とか、木戸孝允とかいう人たちは、見事に適応した。幕末まではたった一本の刀でチャンバラしていた連中が、見事に適応した。

そして、西洋に適応する場合に、あの当時の人たちは一番何に力を入れたかというのは、これは軍隊であります。それが大東亜戦争、あるいは太平洋戦争というものが起こる一つの原因だったかと思いますが。この軍というものは、近代化の上で、ある意味で一番やりやすいという面もあるし、それから、下手をやったら、西洋を下手に輸入したら、たちまちとんでもない結果が出てくるということになる。つまり、私がここで皆さんに多少でたらめな話をしたってその被害はほとんどないと言ってもいいので——私の話を融通性なく真理だと受け取って、そのために一生を誤ってしまうなんていうことはまず起こらない。それから大学の講義でも、大抵どんなことを大学教授が喋っても、間違いを喋っても大したことは起きない。ところが、軍隊でもって間違ったことをやったら大変なことになってしまう。連隊が訓練をする時に、銃の撃ち方を間違えちゃったらとんでもない。銃の扱い方にしても大砲の扱い方にしても、軍艦の操縦にしても、これは非常にきちっとやらなきゃならない。

軍隊と前近代

それに伴って、彼らの組織的な行動——みんなあの当時は徴兵でもって、田舎の百姓でも商人でもみんな入ってきたわけです。普段は彼らはああいう組織的な訓練ということは受けてない、団体生活の訓練というのは受けてない。ことに農村に暮らしている百姓というものは、一人でもって野っ原で何かやっていればいいわけで、組織的な訓練というのは必要としない――それが軍隊に入ってきたら、非常に厳しい訓練を課せられる。ですから私は、非常に日本の軍隊が過酷なことをやった、例えば青竹でひっぱたくというようなことをやったと言いますけれども、それはある時には非常にむごい、度の過ぎたことをやったことを否定はできないと思います。しかし、原則としてはそのくらいのことをやらなきゃ駄目だった。とても西洋のように徐々に地方自治体としての組織というものが出来上がって、ブルジョア社会、市民社会というのが出来上がって、そういうところから軍隊というものが出てきたというのとは違っていて、全く、極端に言えば一人ぼっちで生活している人間――一人でお天道様と相談しながら生きている人間を、一つの師団なり連隊なりに集めて、それを組織的に行動させ、そして敵と戦う訓練をする時に、生ぬるい方法でやっていたら駄目だと思う。非常に逆説的に言えば、近代的な、あるいは民主主義的な軍隊を作るために、非近代的な、あるいは前近代的な、あるいは非民主主義的な方法を用いなければそこまでいかないということがあると思う。それが適応の仕方というもので、それに見事に成功したと。軍隊ではそれが見事に成功した。しかし、戦争というのは軍隊だけがやるものじゃない。それは背後に経済力がなければどうにもならないので、資源とか経済とかそういう問題を抜きにした、軍隊だけは世界一流の海軍、世界一流の陸軍というものができても、戦争には負けるという結果を招いたんです。

目的のために手段を選ばず

大東亜戦争論、太平洋戦争論をやるのが目的じゃないから、それはどうでもいいことで、要するに、軍隊というものは非常に近代化、適応に成功した。この適応という言葉を、それをあの当時の人物にあてはめて——当時の明治政府にたてついた社会主義者その他とを考えると、中には立派な人というのもいるでしょう。「中には」じゃない、事実、人格としては立派な人もいるかもしれない。しかし、日本の国が西洋に適応するという面においては、その人は適応異常者だった。この前、二葉亭四迷の『浮雲』の内海文三と、それから要領よく役所で成功した本田昇というものを例に取りましたけれども、本田昇は伊藤博文なのであって、自由民権論とか何とかそういうことをやった人たちはむしろ内海文三型。つまり、落伍者ですね。しかし、その自由民権論者も、その後で自分が閣僚になれば、伊藤博文と何ら変わりないものになってしまう。そういうようなことは行われるわけなんです。

だから、物事に適応するということ、成功者は適応した——成功者というのは適応に見事に成功した人たちで——そして後進国の場合には、あるいは中進国の場合には、どうしても適応する場合に一種のゆがみを生ずる。さっき私は軍隊での青竹の例を出しましたけれども、そういうゆがみというものが生じる。それを本当の意味での西洋というものを基準にして——西洋の理想を基準にしたら、それはよろしくないと。つまり、近代化、あるいは西洋化、もっと端的に言えば西洋に追いつく、あるいは追い越すということを目的とする——そうしたら、その目的のために手段を選ばずということはいけないんだということで——手段を正しくやっていったならば目的は達成できたかというと、おそらく達成できなかっただろうと思います。これは、こんにちの東南アジアなどを見ていればそう言えるでしょう。だから、目的のためには手段を選ばずというのはいけないというのは、これは道義論の立場であって、現実主義の立場からいうと、目的のためには手段を選ばずということでなきゃいけない。

日本では民主主義が運営できない

しかし、この前ちょっとお話ししましたが、それをあんまりひどくやりすぎると、目的そのものも破壊しちゃう。つまり、利己主義じゃなきゃいけない、己のためになるように動かなきゃならないけれども、それをあんまりひどくやると自分のために結局ならないんだと。例えば、列を組んでバスを待っている、そういう時に自分のことだけ考えていたら、みんな列のお尻に付かないでいきなり列を飛ばして最初に飛び込んで乗っかっちまえばいいんだけれども、それをやろうとするとみんなに袋叩きに遭っちまうから、これはやめたほうがいい。だけど、本当はそうしたいという気持ちはみんなあるわけです。一番後に乗りたいというバカはないので、一番先に乗りたいと思っている。しかし、その一番先に乗りたいという目的を達成するためには、それをやるといけないという――。そのために、目的のために手段を選ぶ、そういう意味なら私は分かるんですが、ある一つの目的を定めた場合には、多少、先ほどお話しした青竹のようなやり方、これも考慮に入れなきゃいけない。それを考慮に入れたからこそ日本は成功したんだと思います。

先進国並みだというのは、GNPを問題にしているから先進国並みなのであって、西洋を日本化するという意識ではまだまだ日本は先進国ではないんです。それは別に恥とするにも足りないので、歴史が短いんですから。むしろよくこれほどうまく日本化したなと思う。しかし、それにもかかわらず、十分に民主主義とか何とかというものが日本では運営できない。あるいは、アメリカ式な――アメリカも危ないですけれども――もっと抽象的に理想的な民主主義というものを考えてみれば、それが日本で機能していないということは当然なんです。それは適応異常から起こることなんです――ですから、よくいい気味だと思うんです、日本のいわゆる進歩的な評論家たちの考え方を見ていると。例えば南ベトナムに経済援助や軍事援助を日本やアメリカがやったところで駄目だという。あるいはインドネシアにやっても駄目だという。韓国にやっても駄目だという――それはみんな汚職に使われるからだという。後進国ではそういうことが起きるというんですね。そしたら、今度はロッキードで日本もその一つだということを証明してしまった。これはロッキード事件の一つの功績だと思うんですね。そういう立場からすれば、韓国もインドネシアも日本は責められないということ、これがはっきり分かったと思うんです。だから、実はやはり日本でもなかなか民主主義ということはうまくいっていない。

アメリカは墓穴を掘っている

それから、当の民主主義をまるで自分のところで本家のように、製造元のように言っているアメリカだって、ほじくればいくらでもあるので——というよりは、アメリカは一生懸命ほじくってますね。あれはほじくるのが好きな国ですから。自分の国の弱みというのを一生懸命ほじくっている。ロシアや中国はそういうことはやらない。みんないつも立派なことをやっているような顔をしてやっている。アメリカはいつも、自分の国のCIAがどうのこうのということをほじくり出したりなんか、そういうことが好きな国。あれはやっぱりピューリタンの伝統があるんでしょう。だから、これはある意味でいくと、自由社会はいずれつぶれるだろうというソルジェニーツィンの警告も、私はもっともだと思うんです。墓穴《ぼけつ》を掘っているんです。ただ、その場合に、アメリカも後進国ですから、イギリスのように老獪《ろうかい》じゃない。その点では日本もアメリカも似ていると言えば似ているんです。そのアメリカがリーダーシップを取っているから非常に今は危ないわけです。それは政治の問題ですから、私はここでは今は論じませんけれども。適応異常ということのこれは一つの例なんです。ロッキードなんかも適応異常の一つの例なので、何もああ騒ぐことはない。一つやり損なったというだけで。民主主義がうまくいかないのは当たり前です。完全な民主主義なんて――完璧民主主義なんてことは起こり得ないんです。

油断と緊張

それから、適応異常ということをもう少し一般論、個人の問題――今まではわりあい大きな社会問題として考えてきましたが――個人の問題として言えば、例えばエリオットが言っている、あれは確か『カクテル・パーティー』の中にあった言葉だと思いますけれども、階段を下りてきた時にもう一段あると思ったら、一番下の平面になっていた時に、足をくじいたりなんかしますね。くじかないまでも、よろけたりなんかする。これが適応異常だと。つまり、こっちの精神が緊張している。緊張といってコチコチになるという意味じゃなくて、精神が、あるいは意識がきちっと澄んでいれば、そういう時にそういうヘマはやらないんです。もう一段あると思ったら一番下だったということもあるし、あるいはないと思ったらまだあったということでひっくり返ることもある。それは要するに、階段という普通の平面と違ったものを下りたり上ったりする時は、平面を歩く時よりも緊張度を必要とする、意識の明澄《めいちょう》度を必要とする、それが欠けると。だから、ある事態が起きた時には、ここから階段だという時には、今まで歩いていたのと違わなきゃいけない。

　私などはそそっかしいのでよくそういうことをやるんです。私の家は日本式の家なものですから、唐紙《からかみ》というのがある。唐紙を開けて、自分の体がまだ通れないぐらいしか開けていないのに出て行っちゃう（笑）。で、おでこをぶつけちゃうとか。それから、廊下の曲がり角でまだそこまで行かないうちに曲がって（笑）、柱におでこをぶつけるとか。そういうことはよくあるんです。これはかえって自分の家というようなことで慣れきってしまうと、そういう適応異常を起こしちゃう。もうすっかり適応しきってしまったために起こる油断ですね。そういうことが起きる。だから、すべて適応異常ということで、日本の近代化とか、あるいは個人の社会生活におけるこの前言った処世術とか何とかの問題も、適応できるかできないかということで考えていくと非常に分かりやすい。

笑いの役割

もう一つ例を挙げますと、ベルクソンの『笑い』というのは、これは文庫本で、確か岩波文庫で出ていると思いますが、やはりあれも適応異常から笑いが生ずるということを主題にしている本です。ある時にサロンで天文学者が、今晩月食だから、月食の観測をやろう、みんな集まれ、と知り合いに案内状を出して、自分の家の望遠鏡でもって見せた。そうすると、みんなが見終わり、月食が終わった頃に、一人婦人が遅れてきたんですが、みんなが「残念なことをした。月食の観測が終わっちゃったところだ」と言ったら、その婦人が、「あら、残念だわ。それじゃあ、先生もう一度、私のためにやってくださいません？」と言ったという話があるんです。月食というのは一度しか起きないものですね。ところが、科学の実験、あるいは天文学で星を見たりする、そういうものは何回でも見られるものだという、繰り返し可能な自然科学の実験というものと、それから、一方いくら自然科学が実験可能であっても、月食は一回しか起きない、人間のほうで何度も実験することはできない。その大自然の——月食というのは、私は自然科学のことはよく分かりませんが、何回かやってきますね。しかし、これは周期的にやってくるのであって、すぐ終わった後もう一回やるというわけにはいかない。だから、自然のリズムとこちらの科学の繰り返し可能性と、そういうものとの間を見損なっているので、何度でもできるものだと思ってそういうことを言う。そうすると笑いが起きる。それで社会を矯正するのが笑いの役割なんだということが、ベルクソンの考え方ですが。

その適応異常がものに対して起きる場合、人間に対して起きる場合、それをもう少しこの次の時間に話してみたいと思うんです。

第三章　状況を読む

昭和五十一年（一九七六年）五月二十九日

「壁にぶつかった時に、まず一歩退いて、この壁を叩き、これは自分で打ち壊せる壁かどうか、厚みはどのくらいだろうか、高さはどのくらいだろうか、と。それから、この壁がずっとどこまで続いているんだろうかと。向こうを回れば壁はどこかで切れているかもしれないと。そういうようなことをみんな観察することができる。その余裕を持っているということ、それがインテリというものなんです」

ごまかして成功した近代化

前回、日本の近代化ということをお話しして、その中で日本の近代化で一番最初に成功したのは軍だということ、これは申し上げたと思います。それは、軍というのは真剣勝負をして、一つやり損なったら大変だと。その時言ったと思いますが、私が多少ここで嘘をついたって――嘘ってわざと嘘をつくんじゃなくて、うっかり間違ったことを言ったって、それは大したことない。それから、ここで芝居をやって、下手な芝居をやったからって、それはつまらないなと思うかもしれないけれども、みんなの命に別状はないわけです。ところが、三八式の銃というもの――三八式の銃なんて言ったってみんな分からないかもしれないけれども――機関銃なら機関銃でもいい、これの扱い方で嘘を教えたらとんでもないことになっちゃう。それから、もっと大きくなれば軍艦だとか飛行機だとか、そういうものの操縦法はちゃんとやらなかったら、戦争の時に負けちゃいますからね。負けるということは自分たちの命にかかわる。自分一個ばかりではなくて日本という国家の生命にかかわるということが起きてくるんですから、これは真剣勝負をしなきゃならない。だから近代化が一番進んだ。

で、その次は官僚組織で、その次が教育。教育といっても大学教育、いわゆる文化人という非文化的な人間を生むための（笑）大学教育ですね。これも本当の意味の文化、あるいは教養、これは英語では同じ culture ですけれども、それを輸入しようというよりは、早く先進国に追いつくための手段として戦前の大学というのは作ったのであって。だから、文学部なんて、私は文学部出身ですけれども、こんなものは大して役に立たない。格好をつけないと鹿鳴館と同じに外国から笑われるから文学部を作っているだけの話で、実際は自然科学、そっちのほうに一生懸命になっている。それから、政治、法律とか。法律学、政治学、そういうようなものは日本の近代化というものに必要で、これは発達した。それがみんな官僚にもなったでしょうけれども。だからそういう意味で、もちろん差はあるけれども、この三つが近代化というものに一番成功した例です。

成功したというのは、ごまかして成功した例。その証拠に、見事に世界最強の陸軍、世界最強の海軍を作って、見事に戦争に負けましたからね。事実本当に世界最強であり、世界最高だったんです。それが、いざ戦争となったら負けてしまうというのは、戦争というのは軍隊だけでやるものじゃない。資源とか金とかそういうものがみんな必要になってくる。最終的には長い間かかれば負けちゃう。まあ、それは余談ですけれども――だから、近代化に一番適応した軍、そして、東洋で一番近代化、西洋化に成功した日本というものが、見事大失敗をした。つまり、近代化に適応できていなかったボロを見事にさらけ出した。

分かるかな、分かんねえだろうな

私、数日前に自民党内の内紛を産経新聞の「正論」でからかって書いて、非常にパラドクシカルですから、なんとかいう芸人のヒットさせた言葉――「分かるかな、分かんねえだろうな」という題を付けたんだけど（笑）、長すぎるので産経が「分かるかな」だけにしちゃった。あれじゃあ分かるかな、と私は思っているんですが（笑）。実際私の意味は「分かるかな、分かんねえだろうな」という意味で言った。それは、さっき言った軍が近代化する時に、戦後になって、非常に軍を非難するのは、非常にメチャな訓練をしたと、それから、階級意識も非常に厳しくしたと。で、アメリカが戦争に勝って上陸してきた時に、世間じゃ将校と軍曹の間でそんなにきちんとした差がない、非常に階級差が少ないというのに感心していた。つまらないことに感心するものだなと私は思った。まあ、勝てば官軍なんですが。実際日本の戦争中の陸海軍、ことに陸軍は、これは私の目から見ても度が過ぎるぐらい不愉快でした。しかし、明治以来の近代化でその必要があった。

　それから、非常に無理な教育をしなきゃならないというのは、これはこの前もちょっと触れたような気もするんですけれども、本当に百姓のように近代生活を何もしてない、団体生活の訓練も何もない、私も戦争中にそういう連中と集まると、下駄屋の小僧やなんかとも一緒ですよね。そうすると、「右向け右」と言うと左を向いちゃうのがいるんです。そういう人間を敏捷に戦場において行動させるというのには、非常に厳しい、アメリカの民主主義から見たらメチャな教育をしなければならない。だから、前近代的な方法をもって近代化を達成する以外なかったんです。例えば、自民党の派閥なんていう前近代性を近代化しようなんていうことは焦らないで、目標は近代化ということでいいけれども、その方法はよろしく前近代的方法をもってやれと——だから、大いに派閥抗争で駆け引きでやれという皮肉を書いたわけで、それで「分かるかな、分かんねえだろうな」という題を付けたのです。

大学に行く効用

そういうことで、近代化という意味で、日本は明治以来進んできた。今でも私は同じようなことが言えると——また話が飛びますけれども、よく新聞なんかで、中小企業の社長さんが事業に失敗して一家心中しちゃったなんていういじらしい話が出ているんです。ところが、大企業でそういうのはないですね——まあ、これはまた新聞の悪口になるけれども、名前は分かっているでしょうけど伏せておきます——何百億という借金をして毎年何十億という赤字を出して、それで悠々とやっていられる。大企業というのはそういうものなんです。それはどういうことかと。個人の生活を顧みれば分かるので、大学に行く効用というのはどういうところにあるかといったら、学問を授けられることじゃないんです。あんなものは本を読めばみんな分かっちゃうので。

私の大学時代でも同じ、私は大学は独学で出るところというふうに思っています。

だけど、それじゃあ何の効用があるかというと、そこに行って付き合いができるということです。これは外国でもそうです。エリート大学、これはオックスフォード、ケンブリッジというのがイギリスにあるけど、アメリカだって格差があるので、格差をなくせなんていう、それが近代化だなんていっているのは、これは全く日本人のバカの一つ覚えということであって、アメリカでも本当に大学といえるのは、例えばイェール、ハーバード、コロンビア、カリフォルニア、いくつか……まあ、大体十校くらいだと思います。でも、大学の総数はやはり日本と同じぐらいある。七百か八百ある。だけども、本当の大学、そして社会でも大学出としていい地位に迎えられるというのは十です。そういうところへは、やはり優秀な人間、あるいはいい階級——階級とまではいかなくても、いい家庭の人間が集まっている。そういう連中と付き合っているということ、これが大学の効用なんです。男女共学になると、今度は結婚相手を見つけるという効用も出てきますけれども。それ以外に大学の効用なんてないですね。本当に勉強したいという気持ちがあれば本を読めばいいので、強制的に無理なことをやらせられる必要はない。

それともう一つは、友達と学力、教養、その他を比較することができます。だから、自分を反省することができる。それが大学の効用です。これは私はバカにしたものではないと思うんです。だから、私が大学にいた頃でも、いわゆる切磋《せつさ》琢磨《たくま》ということがあります。別に「あいつに負けまい」というほどじゃなくても、いい大学へ行けば優れた人間——優れたというのは必ずしも人間的にともいわないし、大学にいる当時だけで、将来ずっと優れっぱなしになるとは限らないんだけれど。その時に、やっぱりそういう連中と付き合っていると、怠けてはいられないぞ、という気持ちを持ちますね。それが独学をやっている人よりは、そこのところで得するわけなんです。そこに大学の効用がある。

壁にぶつかったら

だから、インテリの場合、今言ったように付き合いというものがあって、そして大学を出ても大体大企業だとか、わりあい開かれた社会に入っていく。そうなると適応異常がなかなか起きない。それから、起きても必ず相談相手とか助ける人が出てくるんです——昔の友人とか。とにかく借金ができる相手だって増えてくるわけですからね。それだけでも違うんだけど。まあ、借金というのはつまらない例を取っただけの話で、いろんな点で出てくる。一方、中小企業みたいなところだと、その人の過去の生活からいって付き合いが狭い場合が多い。そして、銀行やなんかとの関係からいっても疎外されている人が多い。そうすると、非常に閉ざされた世界になってきて、一つの壁にぶつかった時、この壁からどう逃げようか、あるいはこの壁をどうぶち壊してしまおうかという、その考えを自分一人でやらなきゃならないということがある。だから自殺しちゃう。

インテリには余裕がある

それから、自分の女房を寝取られたといって、相手を殺しちゃったりなんかする。そんなことをするのはやっぱりインテリにはいないでしょう。それは、インテリの場合にはいろんな教養も——教養と言っちゃ少しもったいなすぎる（笑）。教養という言葉が泣くけれども——いろいろ手練手管というものを覚えてきているから、そういう時に自分が殺したらば死刑になる可能性があるということを考えるから、これは損だと。だから、それにはこの場合どういうふうにして処理したら一番いいのかということを考える余裕があり、また、相談する余裕があり、それから、家庭裁判所なんか持ち出してもなかなかけりがつかない——ではどうやったら一番いいのか、そういうことを考える余裕があるわけです。能力があるわけです。だから、そういう時にカッとして殺しちゃうなんていうような短絡的な道はとらない、バカな真似はやらない。

つまり、適応異常を起こすような事態にぶつかる、普通のやり方でやってきた時に経営難に陥るというのは、つまり壁にぶつかるわけで——その壁にぶつかった時に、まず一歩退いて、この壁を叩き、これは自分で打ち壊せる壁かどうか、厚みはどのくらいだろうか、高さはどのくらいだろうかと、それから、この壁がずっとどこまで続いているんだろうかと、向こうを回れば壁はどこかで切れているかもしれないと、そういうようなことをみんな観察することができる——その余裕を持っているということ、それがインテリというものなんです。そうじゃない人は、そこで絶望感に陥っちゃう。で、適応異常を起こして、自殺――自殺の前にまず神経衰弱という、現代語でいうとノイローゼになるわけです。そういうふうになって、それが高じて気が触れたり自殺したりということが起きるわけです。痴漢の場合もそうなんだけど、痴漢というのはみんな閉じられた社会に生きている人間ですよ。もっと開かれた世界に生きていれば、あんなメチャしなくたっていろいろうまくやれるんですよ（笑）。だけど、閉じられた世界に住んでいるからああいうことをやっちゃうので。開かれた世界に住んでいない。

一生懸命敵情視察

開かれた世界に住んでいるというのは、今度は戦場のたとえでいえば、敵と味方と勝負する時にどっちのほうが敵情、および地形を読んでいるかで勝負が決まっちゃうわけです。もちろん兵力、それから弾薬、そういう武器の多寡はありますけれども、それをみんな状況を読むか読まないかということ。米ソなら米ソを比較すると、アメリカはロシア上空で偵察機、Ｕ２ですか、あれで全部情報を取っちゃってますね。そういうようなことやなんかで、どこに何があるかと絶えずやっている。それから、スパイやなんかみんなやっている、ＣＩＡというのはそのためにあるので、スパイ活動をやって。もちろんソ連も一生懸命やっている。今では米ソというと普通の兵力は断然ソ連のほうが優れています。陸海軍、空軍の人数からいっても、海軍の船の数からいっても、潜水艦の数からいっても、それからミサイルとか核兵器、そういうものの数からいっても優れている。だけど、アメリカのほうが性能が優れている。だから、ここで今ちょうどバランスを保っているんですけれども。しかし、一方でＳＡＬＴ（戦略兵器制限交渉）なんかでもってお互いに核兵器軍縮をやろうなんて相談しながら――相談というのだってこれは一つのスパイ活動ですよね――相談しながら、こっちの出方によっての強さ弱さでもって、向こうにどれぐらいの軍事力があるかと探っているのと同じですから。軍縮交渉って、本当に軍縮なんかやるつもりは両方ありゃしないんだから。それを一種の、あれは公のスパイ活動であって、それをまた裏でいろいろやって、それで向こうに負けないようにとお互いにやり合っているわけです。

　だから、それは状況を読むということです。その読むということが適応異常を起こさないことなんです。読まない人間、あるいは読み足りない人間、あるいは読むということすら考えない、この前言ったように至誠天に通じると思いこんじゃっている人間というものは、これは駄目なんです。いくら至誠天に通じているといったって、真心さえあれば成功するなんて、そんな甘い世の中なら訳はないので。赤ん坊が一番成功するということになっちゃう（笑）。そうじゃない。だから、これは一生懸命敵情視察。昔は男子ひとたび敷居を跨《また》げば七人の敵があると。武士ですね、七人の敵があると思えと。僕は全部自分以外のものは自分の敵だという前提のもとで行動してます、生きてます——いや、だけど、敵というと困るな、現代演劇協会の連中が聴いてたりなんかすると困るけど——でも、それでも敵になり得る人間だという前提のもとで行動しているわけです。それを読んでなければ駄目ですよ、みんなの行動というものを。みんなだって僕の肚《はら》なんて読んでるに決まってる。だからもう、それはお互いに読み合いで、どっちの読みのほうが深いかでもって勝ち負けが決まる。

国際政治も処世術

去年は劇団雲が分裂しましたけれども、あれは分裂して出て行った人間と私たち残った人間と、どっちのほうが読みが深かったか、敵情をよく読んでいたか、それはいずれ勝負がつくでしょう。それはだから、読みというものですね。それで適応する。こっちのほうが勝つぞ、というのは――本当に精神的に私を信頼して残った人だってもちろんいますけれども、しかし、それだけじゃ僕は残らないと思う――やっぱりこちらのほうがいいという判断、それは悪いことじゃないんです。それがなければバカですからね。そういうことを判断してというのは、敵情視察、つまり、相手は全部「敵」だと。自分以外は敵だというかたちで、社会生活というのは営まれている。そして、その場合にどういうふうに適応したらいいかということは読まなきゃならない。で、位置をみんな見なきゃならないということです。どこに何があってどういうふうに世の中は動いていくだろうかと。だから、たとえ企業に勤めるにしても、大学で政治運動をやるにしても、勉強するにしても、国際情勢がどう動いているかということによってずいぶん違ってきちゃうんですからね。そういうようなことをみんな深く読んでいかないと駄目で、それが私は処世術だと。

だから、処世術というのは国際政治にもみんな通じる。国際政治だって処世術だ、あんなものは。と同時に、処世術も国際政治ですよ。国際政治においては全部が潜在的仮想敵国であり、全部が潜在的友好国家である。それは個人の場合でもそうです。だから、全部敵だと決めちゃうことはできない。ある時にその人が敵対行為をしたからって、完全にその人が敵だとは言い切れない。そういうことを読まなきゃいけない。情勢を読まなければいけない。そして、適応異常のないようにするということで、この処世術というものの最終的なものは、適応異常を起こさないようにするということ。だから、適応能力を身につけるということです。今日ぶつかったのを一年考えてようやく見つけるなんていうんじゃなくて、適応能力を身につけさえすれば、即座に反応して、間違えることがない。もうほとんど本能に等しく動いても間違いない。ちょうど運動神経みたいなものですよ。これも訓練によってできるわけです。相撲の競技と同じで。相撲の競技だって、いよいよ土俵際へ追いやられたという時にうっちゃりを食わすということがあるでしょう。敵の力を利用してうっちゃりを食わす。あれ、相撲取りというのは力があればいいと思ったら間違いで、頭がよくなきゃ駄目なんですからね。だから、頭がよくなければ、前頭二、三枚目ぐらいまでは腕力だけで行けるかもしれないけれども、それから上へ行くには、やっぱり頭がよくなきゃ駄目。

適応神経

力仕事をする人間だって、スポーツマンだって、頭がよくなければ駄目なんです。記憶力とか知識とかっていうことじゃないですよ。いわゆる即座に適応する力、能力というもの、それを訓練していくということ。ですから、優れたスポーツマンというのは、やがて就職することになっても、いい仕事をしたりする。それはそういう訓練ができているからです。チームワークとか、それから、ものごとにどう対応したらいいかということが、即座にできなければならない。のんきに構えて土俵際に押し付けられて「ちょっと待った、俺、手を考えるから」なんて、そんなことはやれないので、即座に対応しなきゃならない。そういう神経、運動神経ということがあるのだったらば、適応神経、それが発達してくる。それを発達させなければいけない。それが発達している人間をずるいというふうには言えないんです。ずるいのは、それは下手なんです。発達の仕方が歪んでいるか、下手なのが目立っちゃって、それがずるいやつだということになるので。実際うまければ、ずるいなんていうふうな感じは与えないんです。そういうことが一番重要であるということ。今日はこれで終わりにします。

第四章　精神の近代化

昭和五十一年（一九七六年）六月二十六日

「日本の場合には、ある分野だけは非常に進んだ近代化が行われる。しかし、ある分野では非常に遅れているということが起きてくる。デコボコが起きてくるわけです」

近代化と西洋化と

この前にもお話ししたように、日本の近代化の中で軍がいちはやく近代化した。それは、軍隊ではごまかしが利かないからだということ。われわれの講演はもちろんのこと、大学の講義でもごまかしがあったところで、嘘を教えたところで、大した被害はない。しかし、軍隊でもって大砲の間違えた撃ち方を教えたら大変なことになってしまう。だから、そういうものを扱っている軍隊はごまかしが利かないだけに、近代化に非常な成果を上げたのだと。その成果を上げるためには、非常に前近代的な方法を取ったということを申し上げたと思うんです。その意味で、近代化というものが一つは実は西洋への適応現象なんです。西洋という先進国、欧米先進国に適応する方法が近代化であった。日本では近代化というのは西洋化を通じなければ行われなかった。

ところが、いろんなものが近代化されてきた。こんにちにおいて、明治以来ずいぶん近代化されて、そして、日本にとってはそれが全部西洋化された。西洋化されたものに対してのわれわれの適応、精神のほうの適応というと、それが近代化されているかどうかが大きな問題だと思うんです。実は私はそれがうまくいっていないんじゃないかと思う。だから、それを日本の民族性とか西洋の民族性とかということがこうだ、ああだと言ったり、あるいは日本文化の本質はこうだ、欧米文化の本質はこうだということを比較して、知識としてそれを知ったところで、そんなものは意味がないので、われわれがどういうふうにしてそれに適応していくかという問題をみんな考えなければならないはずなんです。ですから、そこで日本文化というもの、あるいは日本の心、日本人の民族性というものが、質的に西洋と比べて優劣はない、あるいは優秀であると言ってみても始まらない。優秀であろうとなかろうと、それがいかに西洋化、近代化というものに適応する能力を持つか持たないかということが大きな課題として残されている、それがいろんな点でできていないと思います。

芝居の世界だとよく分かる

それができていないということが一番よく分かるのは、芝居という世界においてなんです。それを私は今日お話し申し上げたいと思う。なにも私は近代化の問題を理解するために芝居をやっているんじゃなくて、芝居が好きだからやっているんですが、結果として、日本の近代化のどこに難しい問題があるかということがよく分かる。しみじみ痛感する。他の世界ではそれほど、いわゆる西洋の近代化というものに対してわれわれが適応異常を起こしていないと思い込んでいる——うまく適応できていると思っていても、芝居の世界になってみると、それが実はうまくいってないということがよく分かるんです。芝居はご承知のように実人生を、そのままということはありませんけど、大体実人生をありのままに演ずる。したがって、実人生に近い芸術形式であるわけです。ですから、その点でよく芝居の中で今の近代化に対する適応異常というものが出てくるとすれば、それはわれわれの実人生における適応異常を証拠立てているものだというふうに思います。

なぜ徳川幕府は近代化できなかったのか

まず、近代化というものは何かという問題。今言ったように、これは欧米先進国に追いつく、あるいはそれへの適応現象が近代化をもたらしたと言いましたけれども、西洋でも近代化ということは既にあるわけです。これは私は、何年前ですか、まだライシャワーさんが大使をしていた時、その下に公使でエマソンさんという人がいた。そのエマソンさんと、プリンストン大学の、ブラックという、これは何の先生だったか、政治学だったか歴史学だったか、とにかくソ連のことにかなり詳しい人でしたが、その人が日本へ来た時に、たまたま食事に一緒に呼ばれたんです。それで、その席上で近代化の問題が出て、確かきっかけは私だったと思うんですけれども。私は、日本の明治維新というものがなぜ――薩長土によって明治維新というものは行われたけれども――日本の近代化、西洋化というのはなぜ徳川幕府の手によって行われなかっただろうかという。今さら過去の歴史に would be を言ってみても始まらないんですが、しかし、ちょっとそういうことをいつも考えるんです。例えば徳川幕府が朝廷というものをいただいて、そこで天皇制という中央集権国家を作り上げる。徳川の将軍は征夷大将軍ですから、今でいえば内閣総理大臣というかたちで、近代化の路線を歩むことができなかっただろうかということをいつも考える。

共産主義革命で近代化したロシア

それと同様に、ロシアという国が――いわゆるレーニンの革命があって――いわゆる共産主義革命というものを行った、それによって近代化したわけです。近代化しても、さっき私が言いましたように、軍だけが一番アメリカに匹敵し得るだけの近代化を成し遂げて、消費生活においてはとてもわれわれの近代化には及ばない。アメリカに及ばないどころか、日本の近代化にも及ばない。帝政時代と比べて果たしてどれほどよくなったか分からないけれども、近代化をやる。だから、それを、ロシアの帝政のままで近代化ということが行えなかったのかという質問を、私はそのブラックというロシアのことに詳しい先生にしたわけです。そうしたら、その先生が言下に「そのほうがずっと早く近代化したろう。そして、その近代化は、今言ったような軍だけの極端な近代化というんじゃなくて、もっと有機的にロシアの国全体の近代化ということが行われたであろう」と言って、数字などをいろいろ示されたんです。私は数字というのはよく分からないし、それから必ず忘れる性格があるものですから、どうも覚えてないんです。何らかの数字を挙げて、ペラペラッとやられた。

アメリカが日本をおだて始めた理由

それから後に、先ほど申しました近代化というものが――日本の場合は、あるいは後進国、中進国の場合ですね。ロシアも中進国でしたし、ドイツも中進国だった時代があるわけです。それからイタリア。今でいえば、東南アジア、アフリカ、それからインドだって、後進国としてあるわけです。日本はもう、ある意味では先進国になった。それは、ある意味で先進国になったというのは、先ほど私が言った、近代化という過程で西洋化をやった。それが物質面においてだけやったので、物質面で行われた近代化に対する適応能力としての、いわば精神の政治学としての近代化、これはまだ行われていないと私は思っているんです。とにかく、物質的な面では日本はもう先進国になった。ところが、どうしてもそのためには西洋化をやらなければならないということを私は言ったわけです。

ちょうどその時代は、先ほど申しましたように、ライシャワー氏が大使で、彼は歴史学者でありますから、アメリカの歴史学が盛んに日本をおだてることをやり始めた時代なんです――そこで私は危険信号を一度発したことがあるんです――これはおかしなことを始めたな、と。アメリカは、ライシャワーさんばかりではなくて、アメリカの歴史学者たちが盛んに日本を持ち上げだした――つまり、日本の近代化ということがこれだけ急速に可能であったのは、江戸時代の近世において既に政治的にも経済的にも近代化の素地ができていたからだと。つまり、テイクオフする、離陸する余地ができていたんだと。それだけの整備がされていたということを言って、江戸時代の政治社会制度、それから経済、そういうものを非常に肯定的に、持ち上げだしたんです――その前は、皆さんお若いのでご存じないかもしれませんけれども――江戸時代は封建時代だ、前近代的だと、日本の歴史学者がみんなそう言って、それからの脱却ということを盛んに言っていたのですが、そうじゃない、もっと連続的に見なきゃいけないと。江戸時代があればこそ、あれだけの立派な時代があったればこそ、日本の明治維新以後の近代化が行われたんだということを盛んにアメリカの歴史学者が言い始めたんです。

それは言っていることは事実で、私は前からそう思っていたんですけれども、アメリカからなぜそんなことを言われるかという問題です。その前のアメリカはそうじゃなくて、占領軍は非常に――日本は十二歳だ、とマッカーサーは言った、それは半面の真理を言い当てておりますけれど――しかし、とにかく日本という国のナショナリズム、あるいは軍国主義というもの、それを武士道とも結びつけ、封建制とも結びつけて、占領軍は否定的だった。それが、歴史学者の手によって急に日本を褒め始める。これは明らかに日米安保条約反対運動が一九六〇年に盛り上がった、それに対する政策――それはもちろん学者一人一人にはその意識的な気持ちはないでしょうけれども、アメリカの風潮の中にそれがあって、それを反映している。ライシャワー氏を日本の大使に任命したというのも六〇年安保の直後ですから。勘繰るわけじゃないけれども、これは非常に学問的な、江戸時代を褒めるというのは学問的な根拠というよりは、むしろ政治的な配慮に基づいているというふうに私は感じたわけです。

警戒していた日本文化礼賛ブーム

それから私が警戒したのは、これでまた波に乗る人が出てくる。戦争中は軍の波に乗る。軍が無理に日本を、文化人、あるいは知識人を弾圧したというよりも、先に弾圧されてかかったという要素を私は事実見ておりました。先にご機嫌取りをしちゃう。軍はそこまで要求しないのに、軍の意を迎えるようにやる。それが戦後は、占領軍はそこまで要求してないのに、意を迎えるようにやるということがある。だから、これもまた今度はそれが来るなと。そうすると、日本文化論、日本文化礼賛ブームが起きるなということを私は非常に警戒していたら、果たせるかな、今や花盛り。もうじき凋《しぼ》むでしょうけど、今、花盛りという状態になってきたんです。その時に、やっぱりアメリカの学者たちが言ったのは、一生懸命日米安保条約というものを弱めるため——実際には強くしているんですけれども——印象を弱めるために、近代化と西洋化とは違うと。つまり、モダナイゼーションとウエスタナイゼーションは違う。あるいは、アメリカナイゼーションとモダナイゼーションは違うということを強調し始めたんです。

さっき申し上げたブラック教授もそれを盛んに言うんです。西洋化と近代化は違うと。それは、違うといっても日本においては同じなんだと私は繰り返し強調したんです。ところが、しまいにブラック教授が言い出したのは、「じゃあ、イギリスの産業革命は西洋化か？」と言うから、ふざけてやがる、と思って、私は「これだけ言っても分からないのか」と。東洋や後進国における近代化は西洋化を伴わなければならないんだと言っているのに、「イギリスの産業革命は西洋化か？」と言うのは、これはケンカを売ってきたとしか私には解釈できないので、私は「イエス」と答えてそっぽを向いちゃった。「ふざけるな、議論中止」という意味に過ぎないんです。そういうことがありまして、つまり、近代化というものを日本は西洋化を通じなきゃできないということがある。それを近代化と西洋化を分けようとする、それは西洋の場合にはもちろんそれでよろしいんですが、日本では分けられないんだということが一つ。

近代化の二つの面

今度はしかし、日本の場合じゃなくて、西洋全般においても近代化というものは何かということ、これが私は大きな問題だと思うんです。これは日本の学者とアメリカの学者とが箱根会議というのを、やはり一九六〇年頃……はっきりした年は覚えておりません。たしか六〇年だと思いますが、行いました。箱根でそれを行って、日本における近代化の問題を論じた。それが英語で本になって、日本語の訳も出ております。マリウス・B・ジャンセンという人が編集しているんですが、それの最初に、『日本における近代化の問題』という題ですけれども、日本だけじゃなくて近代化とは何かという定義の問題から始めているんです。それを二回やっております。第一回に定義をし、それは九項目に分けて定義して、第二回目は七項目に分けて定義をし、また整理し直して。だけど、そう大した差はないんです。

しかし、その定義を見ますと、すべて先ほど申しました近代化の二つの意味のうち、物質面における近代化と、それから精神面における近代化――日本でしたらば、いかに西洋と対決するかという日本人の精神の問題は全然そこには触れられていない。つまり、西洋においても行われている近代化の問題を論じている。一般的な近代化というものの定義を行おうとしているんですから、それに対する精神的な適応という問題は出ていないんです。第二の意味の近代化を精神の問題とすれば、第一の意味の近代化、これはいろんな細かいこと、例えば人口の都市への集中とか、あるいは産業技術における何かの限度を超えた増大とか、いろいろ挙げているんです。でも、私はこんなややこしいことをいちいち一つ一つ言い出したらきりがないし、もっと簡単に総合的に言ってしまったらよさそうなものだというふうに思って、私はその定義を、九項目、七項目を眺めていて、どれにでも通じるようなものを総合的に定義したらどういうことになるだろうなと思って、調べてみたことがあるんです。それは今から言ういくつかに分類できると思います。まず第一に、ラショナライゼーション、合理化ということ。それから、メカナイゼーション、機械化。あるいはシステマタイゼーションで組織化ということ。それから、画一化、コンフォーマライゼーションということ。それから、制度化、官僚化。これは組織化の中に入れてもいいと思うんですが、そういうものがみんな含まれてくる。

希薄になる人間関係

これらはみんな社会問題、あるいは社会制度、あるいは産業技術の問題として定義がいろいろ細かく行われているわけですが、これをヒューマンリレーションとして、

に、自分の家のおとっつぁん、おっかさんに会うのと同じようにやってくれるというふうに思っている、それが役所の窓口へ行くとそうはいかないと。そこでもニコニコやって、兄貴や姉さんのように窓口が迎えてくれることを期待しちゃっているんですね。そういうところが日本人にはあるので。確かに一面、警官とか官僚が威張ったと、こんにちでも多少それは官僚の場合残っているところがあるかもしれませんけれども――一方日本人の場合、受ける側のこっち側にも弱みがあるんじゃないか――組織化に耐えられない弱み、近代化に耐えられない弱みというものがあるのではないかというふうに反省すべきだと思うんです。

日本の駅はうるさい

これは前に私の本をどこかでお読みになった方は重複になるかもしれませんけれども、国鉄をよくみんなサービスが悪いと言うのですが、私はサービスが多すぎる、うるさいと思うんです。それはなぜかというと、私は湘南電車で通っておりますけれども、駅へ着くたびに駅の名前を連呼する。拡声器でガーガー怒鳴りたてる。それから、発車すると同時に車内放送で次の駅が何であるかというところまで言う。うるさくてしょうがない。東京駅へ行ってごらんなさい。どのホームに立ってみてもうるさくてたまらない。あれじゃあ公衆電話を掛けようと思ったら大変です。あんなに騒がしい駅は欧米にはどこにも見当たらない。ロンドンのパディントン駅に行って、ストラトフォード行きの汽車を探すにもずいぶん骨が折れるけれども、探して乗っかったって、いつの間にかスーッと出ちゃう。発車の合図もなければ拡声器の放送もない。「ドアが今開いたからお入りください」とか、「今掃除中です」とか、いちいちあんなくだらない放送をやってないんです。

一番愚かしいのは白線です。白線というのはあそこから前へ行くと危険だと、電車がいつ入ってくるか分からないからと言いながら、電車が入ってくる時はいつも拡声器で注意しているんだから要らないわけです。しかし、そこへ白線を書いている。

あれは人によって違うでしょう。杖をついて腰の曲がったおじいちゃんはあの白線じゃ危ないですね、もっと後へ下がらなきゃならない。いくら健康な人間でも、例えば白線から一メートル下がっていたら安全かというと、必ずしもそうじゃない。後ろでもって殴り合いが始まって、突き飛ばされてそこへ電車が走ってきたら、たとえ白線から一メートル下がっていても危ない。一番安全なのは、やはりホームの中心に立っていることですよね。なるたけ周囲をジロジロ見渡して、人がそばにいないようなところに立っているのが一番安全ということになる。だから、白線の内側にいたら安全ということは決してない。人によって違う、その人の運動神経やなんかによって違うので。子どもを連れている時と連れてない時とでも違うでしょう。だから、それはそれぞれの人が自己判断して、そこで場所を決めればいいんです。

規則や風潮に乗っかる日本人

だから、白線が書いてあれば安全というものじゃないし、それから、横断歩道にゼブラがあれば安心というものじゃないんです。どんな事態が起きるか分からない。その起こった事態に対する適応ということができない。制度があれば制度に乗っかってしまう、あるいは規則というものがあれば規則に乗っかってしまう、あるいは風潮というものがあれば風潮に乗っかってしまう。そうしていれば安全だという生き方、これが日本人の生き方で、これは民族性。民族性といっても、私はナチみたいに血を問題にしているんじゃなくて、これはやはり立地条件、それから歴史的条件、そういうことから起きてくるのであって、日本人が自己判断ができない、そういう能力のない人間だとは決して思わないです。

　しかし、現状から見ると、どうしてもそういうふうに思わざるを得ないんです。いろんな事態に即して適応する、事態が変われば直ちにそれに対して適応するということがやりにくい民族ではないかと。それは言い換えれば、いい意味での個人主義――利己主義じゃなくて――個人主義というものが身についていないということから来るわけです。しかし、昔の武士道にはそれはあったんです。自己のことは自己が律する。律するというのは規律の律ですけれども、自己を律するという精神というのはあった。それからまた、江戸時代にははっきりしたルールがあったわけです。近代化というものが日本では全く異質の西洋化でありますから、その西洋化ということ自体の中にも、ある分野は、さっき申しましたように軍は非常に早くと言いましたけれども、いろんな面でデコボコがあるわけです。西洋という共同体の中から、例えば一つの国なら国を取れば、フランスだとかイギリスだとかっていう一つの共同体の中から近代化が行われてくるならば、核としての有機体は崩れないわけです。ところが日本の場合には、ある分野だけは非常に進んだ近代化が行われる。しかし、ある分野では非常に遅れているということが起きてくる。デコボコが起きてくるわけです。こんにちではかなりそのデコボコはそろったということは言えるかもしれませんけれども、明治からこんにちに至るまで、いろんな分野においてのデコボコがあったということ。

日本はモンタージュ美人

それから、そのデコボコばかりではなくて、前にもお話ししたように、同じ軍隊でも海軍はイギリスを範とし、陸軍は、時期によって違いますが、フランス、ドイツを模範とするというふうになる。そうすると、その当時は空軍というのはなかったけれども、陸軍と海軍とでは出産地が違うんです。産地の違うものを取ってきて、それで一つの有機体が作れるかと。だから私は、日本の近代化というのはモンタージュ美人を作ったようなものだと。モンタージュ写真で、陸軍は眉毛、眉毛はこの人の眉毛が一番いいからといってA子さんの眉毛を持ってきて、鼻はB子さんの鼻を持ってきて、口はC子さんの口というふうにしてやった。同じ軍の中でさえ既にそういうことが行われているんですから、芸術の面でも、絵はもっぱらフランスの印象派から学ぶ、音楽はドイツから学ぶ、それから哲学もドイツ、法律はフランスから来た時があり、それからまたドイツに変わった時があり、それから戦後は英米なんかの影響もかなり受けてくると。つまり、西洋化しようとした時に、西洋の中で法律はどこが一番優れているんだろうかとか、陸軍はどこが一番優れているだろうかと。とにかく世界一のミスユニバースをみんな探してきて、それをみんな日本へ持ってきた。だから、芸術の中でフランス育ちの文学と、ドイツ育ちの演劇と、これが一体一つの連関性を持つか。大体、新劇はドイツ育ちが多いんです。ドイツから範を取った。それから、一時はモスクワ芸術座が一番だという。そんなことでもって一つの有機体ができるかというと、できないんです。

それは、日本の文化というものが——芸術、あるいは学問というものに限ってみても、一つの有機体というものを持ち得るわけがない。だから、そういう意味でもデコボコ、近代化がどこまで進んでいるかということでデコボコがあるわけじゃなくて、質の面でもみんなデコボコがある。それはこんにちにおいても、早いか遅いかということのデコボコは整理されたけれども、質の面のデコボコは決して整理されていない。こんにち依然として残っていると思うんです。だから私はモンタージュ美人が日本の——今、先進国だとか何とか言っていても、これはモンタージュ美人の先進国であって、日本独自の国という、共同体の有機性を持った先進国ではないと。

混乱状態の西洋化

そういう国になるためには、私は一番最初に申し上げました第二の意味の近代化、つまり精神の近代化が出来ないと——そういういろんな種類のデコボコ、あるいは質の違いの近代化をどういうふうに操るか——それぞれの個人が確立して、それを操りきれないと、本当の意味の近代化はできないと思います。それで、たとえあちこちの国から持ってきても構わないから、それを全部自由に、自分が自由自在に操るというふうなところまで行かないと——「適応」ということっちから向こうへへばりつくようですが、みんなそれを今度は逆にこっちが操る、操縦するというふうになってくると——そこまで行けば初めて日本の現代文化に統一したものが出てくるわけです。それがこんにちはまだ駄目で、私の目の黒いうちにはそんなことは起きっこないと思います。

単純に朝鮮を通して支那の文化を輸入した上代から奈良、平安にかけて、四百年以上かかっているんです。実質上鎖国という状況があって、だから、乱されないで非常にのんきな状態で、必要なものだけこっちに持ってくるという、こっちに主体性が持てた時代でも、四百年かかって初めて日本の文化というのはできた。上代からだとももっとかかってますね。五百年近くかかって、ようやく日本化というのはなし終えた。こんにちは国境意識が日本人はない、実際にはどんどんどん入ってきて、経済、貿易その他でも利害が生じてくるし、西洋化というものがメチャメチャに混乱状態になっている。その中で、それを日本化するということは、私の目の黒いうちは、というのは遠慮して言ったので、皆さんの目の黒いうちには実現しっこないというふうに私は思っております。

アメリカでの経験

ただ、それへの第一歩は踏み出していかなきゃならない。ようやく私はこの第一歩が踏み出せる時代が来たんだというふうに思うんです。そういうことを、私は芝居というものを例に取って申しますが、さっき申しましたように実人生に近い芸術だというので、私が経験した一つの西洋の例をお話しします。それはアメリカに私が一九五三年に初めて行った時のことです。テキサスのダラス、ヒューストンの近くの小駅に止まったんです。その小駅は木造の建物でした。そこにキャデラックみたいな大きな車が、私の乗っていた汽車がスーッと止まりそうになった時に、向こうからスーッと来たわけです。そこから四十がらみの婦人と、その母親と思《おぼ》しき人が降りてきた。それは夫の母親だか自分の実母であるかというのは、これは私には判定が付きませんが、とにかく母親らしいと思うのが降りてきた。そして、降りて別れを交わして、おばあさんのほうは軽い簡単なスーツケースを一つ持っていただけでしたけれども、お互いに泣いているんです。その泣き方の激しいこと。これは日本人だったらあんなの人前じゃ見せないでしょう。まあ、このごろの若い人は分かりませんが、普通やらない。それほど激しくやって、それで最後にほおずりして接吻《せっぷん》して別れて、お母さんが駅の中へ入ったと思ったとたんに娘はクルッと後ろを向いて、その顔のあっけらかんとしていることに私は感心したんです。遠目にも見えたんです。今泣いたカラスがもう笑ったという言葉がありますけれど、笑いはしませんでしたが、全く無表情。その顔は晩のおかずを考えている顔でしかないんです。今夜のおかずは何にしようか、という。その町は見えないんです。町も村も見えないんですが。それで車へ乗っかって、すぐにＵターンしてスーッと行っちゃったんです。

始末に負えない強情さ

だから、それを日本人の場合で皆さんが経験なさる、よく見るでしょう、東京駅でも新幹線で新婚旅行の夫婦を送り出すのに親戚縁者、友人が黒山のようにたかって、いつまでも離れないですね。その代わり泣きもしない。もっとも結婚式で泣くという必要はないですけれども。しかし、ある時には母親を送る人もいるでしょうが、それで泣いている光景というのは見ない。泣いている光景も見ない代わりに、とにかく入場券を買って、ホームまで行くという。私もたまに講演なんかに行くと、主催者の人が送ってきてくれるんです。私も困っちゃうので。新幹線の窓は開かないですからね。開かないのに向こうは何か言いかける。こっちは聞こえない。だけど聞こえたような顔をして、こっちもまた口の中でモゴモゴやっている（笑）。早く汽車が出りゃいいのに、出りゃいいのにと思って、イライラしている。向こうもきっとそうに違いない（笑）。分かっているんです。それなのにそこから帰れない。私は乗る時に「もうお帰りください」と、改札口で「お帰りください」と言っても、「いやいや」と言ってカバンを持って、「カバンなんて、私はこんなの軽いから持てます」って、それでもどうしても離さないで持ってきて。そして乗せて、私が「じゃあこれで」と言って電車の戸口で別れても帰らない。「もうそこで帰ってくださいよ」と言っても帰らない。こんな強情なやつはないと思うんだけども帰らない（笑）。それほど強情なんですね。

だから、それは強いのかというと、そうじゃないんだな。要するに、強いんじゃなくて、場から離れられない。取り結んだ関係から離れられない弱さから出てくる強情さなんです。始末に負えないですね、この強情さというのは。強い人だったらすぐ別れられるんです。好意というけど、そんなに私が講演したぐらいで離れられないほどの好意を感ずるというわけはない（笑）。汽車が出るまで見送らざるを得ないって、そんなに好意を感ずるわけがないから、これはどうしたって行きがかりだと。行きがかりで送っているんだと。こっちも行きがかりで送られている（笑）。そういう関係が日本人の人間関係で、これは近代化とはおよそ矛盾するものなんです。近代化にとっては邪魔なものです。だからホームがいたずらに混雑するんです。それは見送りばかりじゃなくて、近代化に適応できないために交通機関がいたずらに混雑したりなんかすることが非常に多いと私は思うんです。ラッシュでも何でもそうです。それから、無用な外出とか何とかが多い。そういうこともあるし、綿密に——私はそういう点で、専門家じゃないから、私が社会学者だったら綿密に調査しますね——なぜこのような事態が起こるのか。おそらく私は、近代化というものに適応異常を起こしているために出てくる問題が非常に多いんじゃないかと思います。今、地方自治体だとか政府とかが抱えている問題の中にも、そういうものが非常に多いんじゃないかと思うんです。

近代化に呑まれるな

だから、今象徴的に私は一つ見送りの例を取りましたけれども、そういう無駄とか、あるいは近代化への適応異常が多い。それをもっとバッサリやれば何でもない。また、それを政府がバッサリやると、政府は非常に人間的ではないと文句を付ける――この人間的というのは実に便利な言葉で――私に言わせればベタベタしていないということに過ぎないのを、「人間的ではない」「人間味がない」と言う。その人間味というのは、近代人には人間味はないのかというと、私はそんなことはないと思うんです。実際はメカナイゼーションとか、あるいは組織化というものが行われれば行われるほど、こちらは強烈な人間味、あるいは深い人間味を持たないと呑まれてしまうんです。だから、昔から「酒は呑んでも酒に呑まれるな」と。その言葉をもじって言えば、「近代化は呑んでも近代化に呑まれるな」と。呑まれないようになるために、今言ったヒューストンでの近くの一つの例ですが、そういうことがよくできてないと駄目。つまり、場面の転換をする。その場に応じてパッと変わる。変わり身の早さといってもよろしい。

個人が確立していれば

私はあるところでその話をした時に、ハエ取り紙の例を取ったんです。ハエ取り紙にハエが、ハエは昆虫ですから六本足で、六本足付けちゃう。六本足だけならいいんだけど、腹まで付けちゃう、羽まで付けちゃう。もう身動きできなくなっちゃうんです。だから、ハエ取り紙というのが一つの場だとすると、そこに止まったらどうにも離陸ができない状態になっちゃう。離れられない。人間にとってはそれでいいんでしょうけれども、ハエにとっては困ることでしょう、止まってすぐに飛べないなんて。ところが西洋人だったら、あるいは近代化ができた人間だったら、ハエ取り紙に一本の足しか付けない。だから、すぐに羽の力で飛び立てる。ところが、羽まで付けちゃったら、羽をいくらジタバタしても、ジタバタすればするほど――あれは何まみれというんでしょうね。ニカワじゃないけれども、あれにくっついちゃって、どうにもならなくなってくるわけです。しかし、たとえ六本足を付けても腹を付けても、ハエの羽の力が強ければ飛び立てます。だから、それを一つ、羽の力というのを言い換えて、精神の力と言ったらどうか。精神が強い、あるいは個性というもの、個人の自立性、それが強ければ、相手と十分付き合っても、一つの場からパッと飛び立てる。相手との固定した関係ができても、それから脱却することができる。場から脱却することができる。

ところが、日本人は羽の飛翔力、これの力も弱い。それが全部をどっぷりくっ付けちゃうから、もうどうにもならない。だから、新幹線の窓ガラスにお互いにへばりついちゃう。あのガラスというのはハエ取り紙みたいなものですよね。両方利くんだな、両面利くハエ取り紙みたいな。天井にぶら下げるハエ取り紙というのは両面利きますから、ああいうものみたいなもの。あれにくっ付いちゃう。汽車が動き出せばそれで解決する。だから、汽車が動いてくれなければ自分からは離れられない。

夫婦の愛情もこしらえるもの

夫婦なんかでもそうなんです。自分からは別れられない、向こうが別れてくれれば別れられる程度の夫婦というのはずいぶんあるんですけれども。惰性で、さっき言った行きがかりで夫婦になっているということがずいぶん多いわけです。ずいぶん多いって、大体そうだと言ってもいいんですけど。まあ、そう言うと抗議が出るから、ここにいらっしゃる方は例外として、たいていの日本人は行きがかりで友人になったり行きがかりで夫婦になったりしているだけで。

事実はみんなそうなんです。行きがかりでなるんですけれども、それから後それを本物にしていくかどうかという努力は、個人というものが自立していれば、個人が自分でやっていかなきゃならないことだと思うんです。ところが、これが日本人というのは、愛情というのは自然発生的なものだと思っているから、夫婦になったらもうこれで安心、お互いに愛し合ったらそれは自然発生的にいつまでも――どんな滝でも、もし水源が切れれば水がなくなりますよね。しかし、それが無限に落ちる水量があるように思う――ところが、夫婦だって友人だって、これは注意してやっていかなかったら、関係というのは保てない。愛情というのは保てない。愛情というのもこしらえるものだという意識がないんです。みんな自然発生的に、もう夫婦になっちゃえば安心だと。

国家も架空のもの

それから、国家もそうです。国家というものができれば、もうこれで安心だと。国家というのも一種の構築物ですから、個人個人がこしらえてやっていくんだと。このごろ分断国家なんていうのは日本じゃ珍しそうに戦後言い出しますけれども、ヨーロッパが一つの共同体を作っていた時代から見れば、イギリスだのフランスだのという近代国家が出てきたのは、あれは分断国家なんですよね。分断国家が出てきたのと同じなんです。だから、分断国家には西洋は慣れているわけです。日本では、さっき言ったように一民族一国家だから、自然発生的にみんな考えちゃっている。家族と同じだと。家族だって本当は放っておいて自然発生的にうまくいくものじゃない。お互いにこれは芸術的想像力が必要、演出力が必要なんですけれども、それが必要ないと思い込んでいる。だから、場というものができれば、それでもう安心だと。この社会の風潮なら風潮というものでもそうなんです。そういうものができれば、もうそれに安心して寄りかかっていて、疑うこともしなければ、そんなものは仮設であるということすら考えない。架空のものであるということすら考えない。

場から個人へ戻れない

個人の自立性というところに戻りますけれども、つまり、場から個人に戻れないということです。場から個へ戻れない。だから、ある一つの場が終わったら個に戻る、それは必ずしもまた別の人と接触するというんじゃなくても、一対一で、A対Bが話をしていても、ある一つの話をいつまでも行きがかりでその話ばっかりやっているというのは、これはバカの一つ覚えみたいになっちゃう。それが、あるところで一つ転換するということ。それから、ある場合に激しく怒鳴りつけて怒って、その後で呵々《かか》と笑って転換するということ、そういうことがなかなかできない。怒ったら引っ込みがつかなくなって、誰か止めてくれねえか、と待っている（笑）。自分で自分が始末に負えなくなっちゃう。駄々こねた赤ん坊と同じです。泣きだしちゃったらどうしても誰かが止めてくれないと泣くのをやめるわけにいかない。これは駄々っ子とも言えるし、女性がいるので差し支えがありますけど、女性にはそういう習性が男性よりは多いわけで。「出ていく」と言ったら、誰か止めてくれないと格好つかないので、「やめた」とは自分からは言えないというところが女性のほうにはあるわけです――いや、このごろ男性にもそういう人は多くなりましたね。だから、「出ていく」と言って、「あ、今言いすぎた」といって、パッと「やめた」ということができない。だから、「出ていく」と言ったら一応出ていって、里まで帰って、電話を待って、呼び戻しを待って帰るという、手数をかけている。これだって交通機関を混雑させる一つの原因ですからね（笑）。

『ハムレット』の魅力

そういうことが芝居をやってますとよく分かるというのは――私が一九五三年にアメリカに行って、五四年にはイギリスに渡り、オールド・ヴィック座でリチャード・バートン主演の『ハムレット』を観たのですが、あの『ハムレット』という芝居がなぜこんにちに至るまでこんなに人気があるのか。シェイクスピアの中で必ずしもあれが最高傑作とは言えません。私個人ばかりでなくて、『ハムレット』よりは『リア王』のほうがいい作品だと言う人たちはいくらもいるわけです。むしろ『ハムレット』はそんなに最高傑作とは、シェイクスピア学者、あるいはその他の人の中でも言われてはいないです。ところが、『ハムレット』がこれほど人気があるというのは、それだけの理由があると私は思うんです。

　芸術作品として『リア王』『テンペスト』、あるいは『アントニーとクレオパトラ』、そういう作品にかなわないものを持ちながらこれだけ人気があるというのは、ハムレットという人物像が近代人的だからだと思うんです。つまり、ハムレットぐらい他の主人公と違って——他の主人公もそうですけれども、ハムレットが一番ですね——シェイクスピアの作品の中で、ハムレットぐらい変わり身の早い人間はない。だから、誰かと一緒にいる時から、独白を言う一人になる時、それから、相手が誠実なるホレイショーに対する時のハムレット、王様の手先になるような旧友、ローゼンクランツ、ギルデンスターンに対する時のハムレット、全く違うハムレットになっちゃう。つまり、ハムレットが相手次第で違う面を見せるんです。狂気のハムレットから正気のハムレット、それから、激情にかられるハムレットから、ローゼンクランツを相手には猥談《わいだん》までするハムレットにまで変わる。それから、叔父を殺すのに非常に慎重であるハムレットから、ポローニアスを王様と間違えて殺しちゃうという軽率なハムレットにも変わる。それから、憂愁をたたえたハムレットから、剣を取らせてはレアティーズをたちまち殺すという、そういう勇敢なハムレットにも変わる。だから、こんなにいろんな多面的な要素を持っている人物というのはそうないんですね、他のシェイクスピアの登場人物にはない。近代のわれわれにとって、やはり『ハムレット』が一番魅力があるのはそれだと思う。その面白さ、変化の面白さですね。そういうことが私は『ハムレット』の魅力だと思うんです。

小説ならごまかしがきく

それをバートンが演じたのを見たんです。こめかみに青筋が立つように激しく怒るかと思うと、パッと軽い冗談を言うという変化、そういうことができる。それを、これは日本の役者、どんなに優れた役者でも、日本の現代劇の、いわゆる新劇の役者にできるかというと、私は寥々《りょうりょう》たるものだと。そういうことができる人はごく少ししかいない。ひょっとするとわが劇団にだけしかいないんじゃないか（笑）と思うんですけれども。

それをやるために、それじゃあ変化するためにどうすればいいかというと、場が出来上がると場からその次の展開に――さっき言った、「出ていく」と言ったのと同じに、それが笑って帰ってくるまで手数をかけなきゃならないわけです。玄関を一度出て、そして電車へ乗って里まで行って、亭主からの電話を待って、時には迎えを待って戻ってくるという手数をかけなきゃならない。だから、非常に激情にかられたセリフを言って、それから優しい言葉を出すというまでには、間《ま》を無駄に取らなきゃならない。非常に間を取ったり、「ああ」「うん」「いや」「ええと」などというのを盛んに言って、ようやく変えていく。そうすると、もうテンポが出ない。それから、人間の振幅、これが出ない。人間の自分の心の深み、そのセリフが深いところから出ているところ、あるいは口先だけのセリフ、そういうものの変化ですね。そういうことがなかなかできない。ある一つの場に固定されちゃうと、それからなかなか抜け出られないということが起きてくるんです。そういうことを、例えばさっき私がテキサスで見た光景を、小説で書くとすればわけないんです。「彼女は今まで泣いて母親と別れを惜しんだが、その母親の姿が駅に入った瞬間、くるりと平常の顔に戻り、頭の中では今晩のおかずを考えているかのように自動車に乗ってＵターンして帰っていった」と書くのはわけないんです。ところが、これを実際に生身の日本人の役者がこの変化を舞台で演ずるとなると、そしてそれをリアリティーをもって演ずるとなると、大変な骨が折れる。だから――私は小説の悪口を言うわけじゃないけど、小説ならいくらでもごまかしがきく。評論だってそうです。評論なんていうのはその点でいくらでもごまかしがきく。自分が実行できもしないこと、あるいはそれだけしようという意欲もないことだって書けるんですからね――ところが、役者が舞台でそれを演ずるということになると、大変なことになってくるんです。

演劇と精神

だから、芝居というもので、もし近代化、つまりメカナイズ（機械化）され、それからラショナライズ（合理化）されている現代というものに適応する力を持っている役者は、不幸なことには――わが劇団に少数いるってちょっと嘘を言ったのですが――実はいないんです。ちょっと今、客席に役者がいるのが目に入っちゃったな（笑）。わが劇団の役者がいるのが目に入っちゃった――ここにいるのは、それは後で謝ることにして（笑）、役者というのはとかく新劇の世界、芝居の世界だけにとらわれちゃって、外を広く見ない。付き合いもそういうふうになってしまう。それは役者に限らない。どこの世界でも、みんな自分の、ある業界だけの付き合いになってしまうから、程度の違いにすぎませんけれども、役者の生活経験というものが非常に狭い。今言ったような近代的な振幅の激しい生活というものに慣れていない。ことに劇団というものがありますと、劇団がまた家族みたいになってくるんです。そういう中で、許し許される生活を続けてくる。そうなると、ますます厳しい、近代化され機械化され合理化された生活に適応するということは難しくなってくるんです。

　その役者が本当に近代化されて、この舞台でもって近代的な、振幅の激しい適応力を身につけるしかない。だから、近代的というものも、あるいは西洋的というものもすべて忘れること。合理化された、機械化された――これは悪いこととかいいことかっていう価値判断の対象じゃないんです。これは現実なんですから。だから、もしそれがわれわれにとって悪いことであっても、ネセサリーイーブル（必要悪）で逃れられない。これはそれこそ歴史的必然であって、どうにもならないんです。これはよくないからといって、それじゃあ昔みたいに東海道五十三次を歩くように直そうや、というわけにはいかないわけです。新幹線を廃止し、東海道線を取っちゃうなんていったって、それは大変なことで、第一そんなことは不可能です。どうにもならない。そうなった以上、今度はそういう近代化というものを操る、近代的な精神というものを持たなきゃならない。それがこの演劇で実現できれば、私は日本の文化というものは安心だと、それは近代化できたと。

新劇が一番遅れている

だから、あらゆる分野の中で芸術が一番近代化が遅れているということ。それから、あらゆる芸術、学問を含めてですが――学問の中でも医学なんかは近代化は日本の軍と同じに、下手したら命にかかわりますからね。外科手術でもって間違ったことを教えたら大変なことになっちゃう。心臓と腎臓と間違えたことを教えたらとんでもないことになる。だから、医学はその点では非常に近代化されているでしょう。しかし、他の学問というのは医学に比べて、社会科学だとか——社会科学をあやふやと言っちゃいけないけれども——とにかく、社会科学ばかりじゃなくて、例えば心理学だの哲学だのなんていうと、これは非常に曖昧《あいまい》なことを言っても、嘘を言っても間違いを言っても平気です。しかし医学では駄目だと。そういう点で、そういう分野、学問、芸術を含めて、新劇が一番近代化が遅れている分野であると。で、それは当然なんだと。さっきも言ったように、日本人の肉体をもって、日本語をもって、日本人の心理に納得できるように役者が演じられなかったら——役者だってできませんからね、納得がいかなかったら——だから、その点で近代化が一番遅れるというのは当然だと。

　と、私は実は最近の芝居のパンフレットに書いたんです。私は不可能なことが一番好きなたちで、この新劇に携わるということは近代化にとって一番難しい、ちょうど旅順攻撃——旅順といってももう皆さんには実感がないかもしれないけれども——旅順攻撃に立たされた乃木さんみたいな感じです。だから私は乃木大将って好きなんです――一種の犠牲者だと思うんですけれども。そういう意味で、新劇というのはやりがいのある仕事。もう敗北すると分かっているんだから、こんなにやりがいのある仕事はない。だから、二〇三高地を攻める時に死《し》屍《し》累々となることは分かっている。もちろん敵前逃亡も行われるでしょう。敵前逃亡というのは、役者の中にそういうことが起こることも、これから起きないとは断言できない。でも、とにかくわが劇団ばかりじゃなくて、新劇界全体を見渡しても、敵前逃亡が事実今行われております。

特攻隊精神

　それはどういうことかというと、伝統につなげるという名目のもとに、歌舞伎とつなげてみたりする――そんなことをやったって歌舞伎の役者にかないっこないんです。それから、変に前衛づいてみたりしているのは、これは敵前逃亡なので、西洋のオーソドックス、正統派をものにしないと、それからでないと本当の近代化というのは出てこないですから。そういう点で、新劇界全体が敵前逃亡している――敵前逃亡すると傷つかないですからね。みんなうまくいったように見えるんです。だって、命は無事に帰ってきたら、無事帰還と。ところが、戦争中の特攻隊と同じように、向こうに爆撃して無事帰還ならいいけれども、爆撃しないで無事帰還しているのは敵前逃亡ということで、そういうことが行われている。われわれは——どうもわれわれの劇団の宣伝みたいになって終わるのはちょっと気が引けますけれども——敵前逃亡はしない。体当たりで最後まで行く。特攻隊精神を宣伝して、今日の話を終えることにします。

第五章　言葉という道具

昭和五十一年（一九七六年）九月二十五日

「日本の近代化というものがうまくいかないというのは、やはり言葉の使い方をみんないい加減にしているから。それから、一つはそれがどういうところから起きたかというと、西洋化ということから起きた。その西洋化のために、ネオ漢語を作らなかったらどうにもならない。それがあればこそ西洋化ができたんだという、非常に逆説的なつらさがあるわけです」

民主主義はネオ漢語

日本のこんにちわれわれが使っている言葉というのは、漢語がずいぶん多いですね。日常用語の中でわれわれが使っている言葉というのは、ネオ漢語である。ネオ漢語というのは、明治にできた漢語を国語学の上ではネオ漢語といっておりまして、支那の漢漢辞典を調べてもないわけです。昔の国語辞典を調べてもない。元来なかった。江戸時代までは使われてなかった漢語です。それが明治になって使われ始めた。これが近代化の上に非常に役立ったということは事実です。ですから、仮名文字論者やなんかのように漢語を排斥してはならないんです、漢語があればこそわれわれはこんにちの近代化を成し遂げたと言えるわけで、「民主主義」もそうだし、基本的人権とか何とかの「基本的」とか「人権」とかいうのはみんなそうです。「憲法」という言葉だってそうなんです。あらゆるものはほとんど漢語によって理解している。実は、これがわれわれの言葉というものを曖昧《あいまい》にしているのです。

言葉をわれわれが使っている時に、具体的なものだったらまず誤解というのは生じない。例えば、「お盆を持ってきてくれ」と言った時にコップを持ってきたらば、「違うじゃないか。俺はお盆と言ったんだ」ということを言えるわけです。だから、こういう五感、五つの感覚に訴えるものについては、まず間違いが起こらないということ。それから、間違いが起きた時には、それが間違いだということが直ちに分かる。これが日常用語の特徴です。これは名詞に限らない、動詞だってそうなんですが、「さあ歩いてごらん」という時に駆け出したらば、それは違っているというのが分かる。「静かに戸を閉めてくれ」というのにバタンと閉めれば、これは違ったということが分かるわけです。

コップと民主主義

ところが、「民主主義」だとか、あるいは「平和」だとか、「基本的人権」だとかという言葉、これは五感に訴えることができない抽象的な言葉です。こういう言葉になると、もう分からないんです。私が「民主主義」という言葉を今使って、皆さんのうち、全員が同じようなイメージを思い浮かべるか。私が例えば「コップ」というと、それはコップだってこういうタンブラー式なのもあるし、もっと細長いのもあるし、それから上等なのも安っぽいのもあるけど、コップという概念に間違いはないと思うんです。お互いに誤解が生じないと思うんです。いいコップを持ってくるか悪いコップを持ってくるか、そういうことの違いはあるかもしれませんが、「コップを持ってきてくれ」で用は足りる。これを「コップが実はないので、これで我慢してください」と言って茶碗を持ってきたと。「まあ、それでもいいよ」と——間に合わせに「じゃあ茶碗でブランデーを飲もうや」ということになるわけなんです、それでも済むわけですね——しかし違うということは分かるわけです。

ところが、「民主主義」と言っている時に、向こうも「民主主義」と言って、「民主主義というのはどうもよくないな」とか、あるいは「どうもあの政党は民主主義的でないな」とか「民主主義的だ」とかっていう時に、民主主義というものを一体どういうふうに理解しているのかと。それが違った理解をしていても、違った理解をしているということが全然分からないんです。民主主義は何だということは、字引を引いたって出てやしませんから。一応書いてありますよ。民主主義というのはこういうものだと書いてあったって、それじゃあ分からない。みんなお互い同士同じ言葉を使って喋っていても、自分に関心のあるところだけしか分かっちゃいない。だから、「民主主義」という言葉が一つバアッと世の中に広がる、あるいは「平和」という言葉が広がるというと、それを自分の生き方の中にしか、その生き方の幅でしかとらえていない、あるいは、その角度でしかとらえていないということです。だから、私がさっきから民主主義の話などをしても、そんなことはちっとも興味がないという人がこの中にいるだろうと思うんです。そういう人にとっては、民主主義なんていうことなんか一日のうちに一度も考えたことがない、あるいは一年に一度も考えたことがないという人もいるし、毎日考え続けているという深刻な人もいるわけですし、人さまざまでしょう。

意味の漠然たる言葉

「母親」というのは、これは五感で触知し得るんだけど――死んじゃえば触知できませんが、生きている母親なら触知できる――だけど、これもずいぶん違うので。母親によって、子どもが抱く母親のイメージというのは違います。「母親」という言葉を聞いた瞬間に、子どもの針が揺れ動くとすると、その針の揺れ動き方が違うんです。例えば、継母で、いつも子どもの時から母親にいじめられて育った人間の母親のイメージと、過保護の母親に育てられた子どもの母親というものに対するイメージと、母というのが違う。共通項を求めたら何だというと、これは、継母の場合もあるけれども、普通の母親だったら、甘い母親だとか厳しい母親だとか美しい母親だとか、あるいはつっけんどんな母親とかいろいろあるでしょうけれども、共通して「母親」というと自分を生んでくれた「女」、あるいは「メス」という以外に言いようがないんです。それだけしかない。だから、「民主主義」という言葉も、一億の日本人が理解している、あるいは世界の民主主義国が理解している民主主義というものの共通の面を一つ取り出したら、本当に何もない、ゼロみたいなもの。つまり、全く無内容と言っていいようなものになっちゃう——だから、「民主主義」という言葉を使っても構わないし、かわりに「平等」という言葉を使っても構わないし、「話し合い」という言葉を使っても構わないし、「仲良くしよう」と言っても構わないし、何でもいい。みんな同じ意味を持っちゃうという程度のもので——それほど極端ではないにしても、それほど意味の漠然たるものになってしまった。そういう言葉を使ってわれわれは話している。

考える時に役に立たない

ところが、言葉というのはものを考える時の道具なのです。道具なんですから、それがあやふやだということは、言い換えれば、大工さんが家を作るのにのこぎりだけで家を作るというようなものなんです。それは無理ですよね。名大工であろうと、いや、名大工であればあるほど困っちゃう。のこぎり一丁でもって家を作れと言われたら困る。かんなも欲しい、のみも欲しいと、いろいろ。いやいや、そんなことはいけない、のこぎりだけで、あるいはのみだけで家を作れと言ったって、これは困る。ところが、現代の日本語というものがみんなそういうものになってしまった——なってしまった、と言うとあれですが、それに近いものになっているということです。だから、言葉というものに対してみんなが無関心というか。これは自分の意思を他人に伝達する道具である――それを私は技術と呼んで、それを使わなきゃいけないということをこの間申しましたけれども、それはもうほとんど役に立たない道具になっちゃった。のこぎりならまだいいけれども、そこらに転がっているこん棒みたいなもの。こん棒でもって家を作れといったって、それは無理だと。釘もこん棒で叩けといったって、これは無理だと――そういうふうなモノでものを考えろ、あるいは意思表示しろ、あるいは自分の意思を相手に伝えろということを言われても、これは無理。で、伝えられることというのは本当に簡単なこと。さっき言ったように「水を持ってきてくれ」とか「お茶をついでくれ」とかということしか――そんな狭いことじゃなくもっと広く使われていますが、せいぜいその次元ですね――その次元の言葉しか道具としての役割を果たしていない。それが非常に困ることで。

日本の近代化というものがうまくいかないというのは、やはり言葉の使い方をみんないい加減にしているから。それから、一つはそれがどういうところから起きたかというと、西洋化ということから起きた。その西洋化のために、ネオ漢語を作らなかったらどうにもならない。それがあればこそ西洋化ができたんだという、非常に逆説的なつらさがあるわけです、それがなかったら近代化できなかったという――しかし、それがあったがために、近代化してもその近代化が本物でない。漢語というものが、つまりまだネオ漢語というものが日本人にしみこんでいないということです。ですから、ネオ漢語というものはあいまいなものだということを自覚すればいいんです。これは役に立たないものだということを自覚すると、それを精密に使おうという努力が生じてくるわけです。その点では、昔からある漢語だとか、大和言葉、そういうところでは日本人は誤解しないんです。ことに大和言葉というのは日本人の感受性と非常に結びついた言葉ですから、そういうところではあまり間違いは起きない。ところが、西洋のものを、文明を消化しようと思って作った漢語というのは――「電信」とか「電話」とか、こういうものではあまり間違いは起きてこないんですけれども――「民主主義」だとか、あるいは「愛」だとか、そういう抽象的なものになると始終問題が起きる。誤解も起きるし、誤解が起きたことにも気づかずに使っている。だから、結局道具として役立たない。役立たない道具というのは実は本当の道具じゃない。だから私は、言葉というのは、前にお話ししたように、道具なんだ、道具でいいと。しかし道具というものは大事なものなんだと。この大事なものだという自覚も持たないし、その道具が駄目なために思考が乱れる。自分が十分にものを考えられない、あるいは意思伝達ができないということも分からなくなってしまう。それほど乱れているということです。それはネオ漢語が原因で、ネオ漢語があればこそ近代化も成し遂げられたけれども、そのためにまた混乱も起きているという——。これの反省期、調整期にそろそろ入らなければならない。

江戸時代にはスタイルがあった

言葉の問題でいくと、処世術の問題が、やはり言葉の問題にもつながってくるんです。だから、言葉一つでもって相手を操る——と言うと非常に悪いんですけれども、相手の心を自分の思うように動かす——その言葉がうまく使えないと相手を傷つけちゃったりなんかする。私だってしょっちゅうそういうことをやっているんですけどね。それから、やられることもあるんですから、お互い様です。それはどんなに気をつけて使っても、言葉というのはそういうものなんです。だから、言葉遣いというのは非常に気をつけなきゃいけない。ただ、スタイルを失ってしまいましたから。昔は、江戸時代にはちゃんとスタイルがあったから問題ないけれど、その後スタイルを失ってしまった。階級とか身分とか、そういうものによってみんなスタイルがあった。それが、階級、身分を取っ払ったことはいいかもしれない――平等ということでいいかもしれないけれども、しかし、そのためにスタイルを失ってしまったから、どういう言葉を使っていいのか分からなくなってしまった。そこにまた西洋化という――あるいは西洋化が起きたからこそそういうことにもなったんでしょうが、非常に日本の言葉が駄目になっているということです。

アリストテレスの技術観

それともう一つ補足したいのは、あらゆる問題を処世術という低い次元にしちゃうと、高級なものをみんな低級なものにしてしまう――低級と言うとおかしいですけれども――みんなが高級と思っているものをみんなが低級と思っている次元に下げてお話ししてきました。ずっと何回かでそれをやってみた。すべてを技術の問題にしましたよね。だから、手練手管の問題というふうに、技術の問題に私は直したと言いましたが、アリストテレスが言ったのと似ているなと思ったところが何カ所かあったんです――アリストテレスの技術観というのは、まずアリストテレスがどういうことを考えていたかというと、アリストテレスという人は、自然を技術家だと考えたんです。例えば、料理というのは一つの人間の技術です。人間の技術だけれども、これは実は自然の中にそういう営みはあるではないかと。人間が物を噛むということは、包丁で切るのと同じだと。物を煮たり焼いたりするというのは、胃の中でもって熱を加える、これと同じことだということを言っている。そういう例を挙げて、みんな自然の技術を模倣しているんだと。もしも自然が松や杉というものを作らなかったならば、人間はきっとそれを作ったろうと。自然が作った松や杉と同じようなものを作ったろうということを言っている。それから、逆にもし自然が作らずに人間が作ったもの、例えば家だとか、建物とか、これをもし自然が人間以前に作ってしまったら、やはりそれは人間が作ったのと同じような、もちろん原型ですけれども、そういう同じようなものを作ったろうということを言っているんです。これは実際に全く仮定で、こんなバカな話は仮定してみたって実際に実験することはできないんですから、そうだともそうじゃないとも言えないんです。ただ、ものの考え方、比喩として面白い考え方であって――。

自然と人工の対立

どういうことかというと、よく私たちは自然と人工との対立ということをみんな考える。こういうものは人工品だと言うんだけれども、自然物と人工物との違いはどこにあるのかということが、アリストテレスを読んでいるとちょっと分からなくなってくるんです。なぜかというと、人間というのは自然物ですから、自然の一部なんです。自然の一部が作ったものというのが人工物だとすると、松の木が松ぼっくりを作ったのとどこが違うんだと。これは、自然以外の要素がここに入っているかというと、ないですね。全部自然以外の要素というのはない。まるで無機物だとか何とかっていって軽蔑しているけれども、これは自然物で、無機物なんていうのは人間よりももっと年季がかかって長い間かかって存在したものが多いんですから、死んでいるからといって軽蔑しちゃいけない。私たちより年長者として尊敬しなきゃいけない（笑）。銅だとか鉄だとかなんていうのは私たちよりも年季がかかっている。だから、そういうものが死んでいるとか生きているとかいうことも、生死もちょっとそこのところで——まあ、アリストテレスはそこまで論じてませんよ。論じてませんけれども、私がアリストテレスの考えを延長していくとそうなる。あるいは、私流にうまくアリストテレスを利用するとそうなる。一体どこに差があるんだろうかと。どうも私はそこのところで差をつけるものさしはないと——人工品と自然物というものとの差をつけるものさしはないように私は思うんです。だから、人間が作ったからといって、これも自然物だと言ったっていい、アリストテレスから人工と自然との対立——対立というより、差が出てきているんですけれども——近代のようにそれを対立概念としてはとらえていないということですね。だから、言い換えれば、アリストテレスの場合には人間と自然というものを対立概念としてとらえてはいない。それを、近代はやはり人間というものを自然に対する対立概念としてとらえた。自然というものを自然科学の扱える範囲のものにしてしまった。そういう一つの危険が近代にはあるわけですが、アリストテレスの場合は、そこがかなり連続的になっている。

大自然は時々ミスを犯す

それから、今日申し上げたい一番大事なことは、アリストテレスは自然の中に目的というものを考えて——これはギリシャ哲学者に聞くと考えてない、自然は目的を持ってないと言うんですけれども、そこはアリストテレスは揺れていたと私は思うんです。アリストテレスの書いたものの中では、かえって形而上学やなんかよりも、自然学だとか、あるいは気象学とかいうものの中でのほうが、本当ならものを扱う——つまり、物理学ですから——自然学というのは今で言えば物理学ですから、そういうものだったら気象などのように、自然科学のことを論じている時のほうが、どうも「自然」のうちに「目的」を想定しているようなところがあるんです。これといってはっきりした目的じゃない。一種の盲目の目的みたいな、自然自身も意識してないような目的。自然自身が意識していない目的——目的というのは意識しなきゃ目的にならないから、厳密に言うとこれは目的と呼べないと言えるかもしれませんけれども——そういう「盲目の意思」、あるいは「盲目の目的」というようなものをアリストテレスは自然の中に見ていた。

例えばこういう比喩が、これは気象学の中に出てきます。穀物を納屋にしまっておいたところ、長雨が降った。その結果、せっかくの収穫物である穀物が腐ってしまった。これは、自然は雨を降らせて穀物を腐らそうという目的を持っていたのかと。まさかそんなことは考えられない。これはただ、雨が降った、その結果として穀物が腐ったということである。だから、自然が技術家であるというふうにアリストテレスは言っておきながら、一方で、大自然という技術家は時々ミスを犯すということを言っているので、そのミスを犯したわけです。片方では穀物を——自然に生えるということもあるけれども——百姓が育てた、それをせっかく納屋に収めてあったのに、それに雨を降らせて、これを腐らそうと思ったんじゃないけどうっかりやっちゃったら、ちょうど暴風雨が吹いたのと同じなんですが、それで駄目になっちゃったと。それはまだ刈り入れの前の時でも、暴風雨でメチャメチャになっちゃうということはあり得るわけで、そういうことが自然というものには時々ある。これはどうしても目的を持ってやったんじゃない、結果だと。

ところが、それじゃあすべて自然現象というものはそういうふうに、何気なく原因があって、その結果が生じたという、何か目的なしじゃなくて、ことが起こって、その結果が生じたというだけのことなのかというふうに考えると、そうは言えないと思うことがずいぶん多いといって——私はアリストテレス全部を読んだわけじゃないから分かりませんが——私の読んだところで出ていた例は、人間の歯のことを言っているんです。人間の歯というのは、どうもよく見ていると、前歯はものをかみ切るのに都合のいいようにできている。奥歯は細かくかみ砕くためにできている。これは、さっきの長雨が降ったおかげで穀物が腐ったという因果関係だけで考えられるかというと、どうもそうは考えられない。初めから目的的にできているのではないかというふうに言っているんです。つまり、自然の中に目的がないとは言えない。その程度ならいいんですけれども、当時のギリシャ哲学者たちが、自然の目的というようなことを問題にし始めた時に、その目的という問題が出てくるといつも「さよなら」してしまうという——これは私は英語で読んだのだから、「グッドバイ」するという言葉を確か使っていたと思います。「さよなら」をする。ギリシャ語でどういう言葉を使っていたか分からないんだけれども、「さよなら」してしまう。つまり、目的という問題、自然に目的があるや否や、これは目的的かどうかということを考えなきゃならないような問題に近づくと、サッと身をそらせてしまうということをアリストテレスは言って非難しているんです。

目的と手段は鼬《いたち》ごっこ

　ということは、どうもアリストテレスは自然の中に目的があると考えていると言えないか。ただ、それを自然自身が意識していない。あるいは、人間も意識していない。見えない。自分の見える範囲内というのは非常に少ないですから、目的というものがよく分からない。人間というのは自然の目的も分からない。よく考えてみるとそうなので、私たちの生き方というのはみんなそうです。目的というのは分からない。みんな一応目的を作ってはいるのですが、これは目的と手段という問題を考えてみるとよく分かるんです。目的と手段は鼬《いたち》ごっこみたいなものであって、皆さん学校へいらしただろうと思うんですが、少なくとも義務教育はおやりになったと思うんですけれども、義務教育をやるにしてもなぜかというと、少なくとも義務教育を受ける時期において、これは何のために受けるのかという時に、自分は何々になるために、なんていうことを考えてはいないと思うんです。親も、例えば現代演劇協会へ入れて役者にするために、なんていうことを考えることはない。何のためになんて考えて小学校へ入れる親はまずない。つまり、とにかく学校へ入れる。これは義務教育だから入れなきゃしょうがないということもありますけど。義務教育の場合は例外としましょう。

サルトルの実存主義

では、大学の場合を考えると、これは行きがかりということもあります。例えば文学部へ入っちゃったというのは、行きがかりで入っちゃった。例えば物理が弱かったとか、化学が駄目だった、文学部より他に行くところがないので入っちゃったと。一番易しいから入っちゃったということもあり得るわけなんです。しかし、たいていの人が大学に入る目的は何かというと、これは就職のために入るんです。学問のために入るという、学者になる人はごく少数ですから、大部分の人は世の中に出て、大学を出ていないと損するぞということで入るというのは、就職という目的があって入るわけです。文科へ入るか理科へ入るかというのは、これはさっき言った行きがかりもずいぶんある。本当なら理科へ入ったほうが将来確実だったと。今はヒッピーでも食える世の中だから大したことないかもしれないけど、私の世代が大学へ入る頃は、文学部を出たらまず食えないという時代でしたから――。事実そうだったです。英文科、私たちの頃は三十五人出たけれども、その年に就職したのは五人しかいない。私は残りの三十人の中に入っちゃったんです。だから、二年ぐらい遊びましたね。就職できなかった。今ではそうじゃないでしょう。だから、世の中の親は、その当時の親はみんな理科へやりたがったんです、文科じゃなくて理科へ。高等学校は理科と文科と分かれていたら、理科へやりたがる。理科ならまず食いっぱぐれがないということだと。今にまたそういう時代が来るといいと思っているんだけど、今はみんな就職できちゃうから困っちゃう。でも、もし、だんだんそうでなくなると、はっきりみんな自分で目的を考えたりするようになるんじゃないか。

一応、理科は難しいと思って文科へ入っちゃうということもあるけれども、しかし、大体は初めから、大学に入る時から、小説家になろうとか、評論家になろうとかって考えている人は——そういう人もいるでしょうけれども——少ない。とにかく学校の教師になって食えるようにしようというようなことを考えたり、どこかに勤めようということを考えたりする。それは一応「目的」になるわけです。ところが、その目的を達成するためには、受験勉強という「手段」をやらなきゃならないわけだし、入っちまえば遊んでいたって必ず日本の大学は卒業させてくれますから、これは大丈夫だけれども、入るまでに受験勉強という手段をやらなきゃならないわけです。そして、大学へ入れば、あとは卒業免状をもらえば構わない。

そうして就職すると、今度はその人は至近距離で、どこかの企業なら企業体の中でどこかの課に配属されたら、そこの目的を達成するようにする。「お前、何のために生きているんだい？」と聞かれたら困っちゃうでしょう。目的というのは、さっきのアリストテレスじゃないけど、自然は何を目的としているかという——自然物の人間である人間は何を目的として生きているのか——「でも人間生きてなくたっていいじゃないか、目的はないじゃないか」、これがサルトルのような実存主義、神というものを排除した実存主義で言うと、人間というのは存在だけあって本質のないものだと。本質という難しいことはいいけど、要するに、目的とか何とかですね。世の中、あるいは世界、もっと言えば歴史、そういうものの中でちゃんと位置付けられた役割というものを持たない。あるいは、社会というものも、あるいは歴史というものも、あらゆる存在、大宇宙でもいいんですが、この存在の中で目的というものを持っていないものだと。だから、人間というのは目的を持っていない。

存在と本質

ところが、こういうマイクロフォンだとかコップだとかっていうものは、初めから、ある「目的」のもとにはっきり作られたものなので、「本質」が先にあって、「存在」が出てきた。ところが、人間は「本質」というものがない。なくて、「存在」が先にポンと出た。だから、人間いかに生くべきか、人生いかに生くべきかと、「いかに」

ということはあっても、何のために生きているのかという「目的」が見あたらない。まあ、死の恐怖を避けるために生きているというのは、これは非常に消極的ですよね。死にたくないから生きているというんじゃ、答えにならない。しかし、答えにならないけれども、何のために生きているんだというと、これは答えられない。ましてや個人個人に向かって「お前、何のために生きてるの？」といちいち聞いて歩いたら、それはたいてい怒られちゃうだろうと思うんです。「何言ってるんだ。腹が減ったから飯食ったら生きちゃったんだ」（笑）と言うよりほかにしょうがない。だから、「目的」があってじゃなくて、さっきの話じゃないけど、雨が降ったら穀物が腐ったというのと同じに、その逆の例ですが、飯を食ったら生きちゃったと。腹が減ったから飯を食っちゃったということで、どうも「目的」というのはない。ただ、あるのは、仮に立てた手近な目的だけしか人間というのは持ってないんです。それを達成するために生きている。その目的さえ達成できないんですから、全く不自由な存在ですけれども。一応目的を立ててやっている。

一生の目的は分からない

そうすると、ある時に目的であったものが――大学なら大学へ入ることが目的だったんですけれども、その大学に入るということが就職するということの手段になるわけです。だから、目的と手段というのはいつでもグルグル鼬ごっこで、らせん階段のように上がっていくわけなんです。そのうちに、手段なのか目的なのか訳が分からなくなってくる。よく、目的のためには手段を選ばない、というようなことを言いますけれども、目的と手段ということをよく考えると、全く分からない。つまり、それは目的と手段ということの本当の意味を考えるには、人間の目的、あるいは自然の目的というものが分かっている場合しか考えられない。その他の場合は、これはみんな目的といっても相対的なものであるということです。実際あることを目的に生きていたら、そこからそれて別のほうへ行っちゃったと。例えば分かりやすく言えば、大阪へ行こうと思っていたら青森に行っちゃったということだって、われわれの人生の中では起きるわけです。それは極端な場合ですが、大阪まで行こうと思ったら金沢へ行っちゃったということは起き得る。そうすると、金沢へ行った瞬間に、また別の目的が生じてくるわけです。絶えずそういうふうに目的と手段というのは繰り返し行われる。その決定的なことは分からない。つまりそれは、自然の目的が分からないから。だから、一生の目的が分からない。われわれは目的なしに生きている。

アメリカは敵によって生きている

それは、前にお話ししたように、西洋というのと日本というものの違いですね。日本はみんな目的ありきで生きてきたという妙な具合で——仮想目的が手近にあって生きてきたんです。先進国という目的があって、モデルケースがあって、「あそこへ行くんだ」といって駆け足で、明治以来今までやってきたんです。それを、例えば西洋でも、今はもう科学技術とか、あるいは政治的な体制とかいろんなもの、それから軍事、そういうようなもので今アメリカというのは一番進んでいるでしょう。そうすると、彼らの目的というのは今何かというと、はっきりしない。消極的な目的しかないです。敵を排除するということだけにある。ソ連というものがなかったら、アメリカは困るだろうと思うんです。ソ連があるから困るんだけれども、それがないとアメリ力も困るという。目的がなくなっちゃうんです。自由世界のリーダーという目的、誇り、そういうものもなくなっちゃう。だから、敵によって生きている。

アメリカを論ずる人がよく言うのは、第二次大戦前までは、あるいは第一次大戦前まではと言ってもいいでしょう、西部開拓ということが目的だった。西部に来てしまったら、これは目的が喪失したということをよく言います。それが、第一次大戦、第二次大戦でもって、自由世界のリーダーシップを取ったことによって、そこでかなり、目的と言ってもいいし、生きがいと言ってもいいんですけれども、それを持ったということです。しかし、それは長続きのするものではなくて、本当の意味のアメリカ国家の目的といったって、これは分からない。いつでもその場限りの、一応の仮想の一時的目的です。暫定目的とでもいったものしか人間は持っていない。人間の生き方というのはそういう生き方しかしていないということが言えるんじゃないかと思うんです。それは、アリストテレスの言った、自然そのものが、目的はあるんだけれども、盲目の目的というふうに考えて、そこで既にそういうことが分かっちゃっている。だから、自然科学がいくら発達しても、そういう点では人間は暗中模索している。目的があって生きているわけではない。しかし、生きなければならない。

　というのは、生きたいということです。死にたくないと言ってもいいけれども。それが、この前申し上げた、エゴイズムを肯定しろということです。エゴイズムというのは生きるバイタリティー。生きるバイタリティーというものがないと、全く人間が生きる目的というのはないです。生きたいから生きるということ、あるいは、何かしたいからする。したいことがない人間というものは、これは、そう言っちゃ不遜ですけれども、生きる値打ちがない。生きてなくてもいいんです。それを、情けないことに、とかく自分の内からしたいことというのが出てきてしまう。大自然を一つの木に例えれば、ちょうどその一つの枝葉に私たちはいるわけで、根から大自然が樹液を通して葉っぱの先へ来る。しかし、それでもって葉っぱが枯れてしぼんでいくような、そういう生き方はどうしても人間にはできないんです。やはり目的を作らなくちゃいけない。そういう衝動的な生き方ということだけではどうしても駄目だということなんです。今日はこれで終わることにします。

第六章　己とは何か

昭和五十一年（一九七六年）十月二十三日

「自分くらい分かりにくいものはない。それを、相手が自分を誤解しているということは、言い直せば自分が自分を理解しているように、あるいはもっと意地悪く言えば、自分が自分を理解したいように相手が自分を理解していないということに過ぎないんじゃないかと」

右翼と左翼の違い

孟子の中に、初めのほうは忘れちゃったんですけれども、何かやろうと思ってもどうしてもうまくいかない時には、「反《かえ》りて諸《これ》を己に求めよ」という言葉があるんです――「反りて諸を己に求めよ」――何かやろうと思って壁に突き当たってうまくいかないという時には、自分の中に何か悪いところがあるんじゃないか、自分が悪いのではないかというふうに考えろということです。しかし、これは私は今まで考えてきた、皆さんにお話ししてきたように、自分の技術が駄目なんじゃないか、能力が駄目なのではないかと、もう一度考え直してみることが必要だということで、技術の問題に還元してみるということと通じると思うんです。ただ、私のは非常に身も蓋もなく、技術と言っていますけれども、孟子はあくまで道徳論的に、反りて諸を己に求めよと、自分が悪いというふうに思えと言っているんです。

　これは、私の友人の解釈ですが、どうも面白くないということが起こった時に、その理由を自分の外に求める人間――つまり、社会制度が悪いんだとか、あるいは政治家が悪いんだとか、あるいは相手が悪いんだとか——そういうふうに外に求める人間は左翼だと、で、うまくいかない理由を自分に求める人間は右翼だと、そういうふうに右翼と左翼を区別するというのは、これはずいぶんさっぱりしていいなと、私も思ったんです（笑）。そういえば、考えてみると、私なんか右翼で保守反動なので（笑）、これは何でもみんな自分のほうに求めちゃう。表向きはあまりそれはやりませんけどね。それをやると損だから。でも、腹の中では必ず己のことを考える。自分の弱点というふうに見る。自分の力が足りないというふうに見る。

マルクスのやり方

ところが今、大体十九世紀の中頃から、ことにマルクスがそうですけれども、それ以来、全部うまくいかない理由——社会科学が発達してきてからと言ってもいいんですが、だから、大体十九世紀半ば頃からですけれども——外部的に理由を求めていくという習慣が非常に多くなってきた。その材料には事欠かないですね——ことにマルクス主義なんていうのはそれで出来上がっている。完璧になって武装していると言ってもいいくらいで。そこに持っていくとみんな説明がついていてしまう。だから、自分のせいじゃないんだということで、全部が説明がつくようにできている。つまり、これは道徳の否定になってくるわけですし宗教の否定になってくるので、実は私と非常に似てくるんです。私の場合は、宗教、道徳というものを否定するというか、そういうものの入る余地がないように全部技術の問題に還元しちゃったんですけれども。そうすると、技術の問題にするということは、これは自分のほうの問題にすることなんだけれども、マルクスのやり方は、同じく道徳、宗教というものを全部排除しちゃった代わりに、制度の問題に全部還元してしまった。これはマルクスが一番完璧にやったと言えますが、ルソーあたりからそうなので。

　ルソーの考え方、これは十八世紀の末ですが、人間は生まれた時、赤子は純粋で――性善説ですね――人間性というものは善なんだと。ところが、社会というものが出来上がってくると、これが悪くなるんだと。これも説明がつかないので。どうしてそんなに善なる人間ばかりが集まって悪い社会ができるんだか、これは説明がつかないんだけれども、とにかく、社会というものができると、悪というものが生まれて、それで悪い人間が出てくる。もとは善なんだという考え方。社会に悪の原因を求める。外に悪の原因を求めるという考え方、これはルソーあたりから出て、十八世紀の末から出て、十九世紀の半ば頃で完成した。

それから後、ますます、たとえマルクス主義じゃなくても、すべて社会科学は全部理由を外へ求めていく。だから、歴史なんかを見ても、全部歴史は個人の力では動かないように説明されるわけです。経済情勢とか、あるいは政治情勢とかという、外面的な理由でもって説明するんです。だから歴史というものがつまらなくなってくる。こんにちの歴史学というのはつまらない。人間不在のというか、個人の力で歴史が動くというふうにはなかなか見ない。見たがらないんです。そういうふうになってくる。歴史ばかりじゃなくて、すべてがそうなってくる。そこで、孟子の「反りて諸を己に求めよ」というような考え方というのは少なくなって。つまり、右翼の考え方というのはだんだん古くなってくるわけなんです。それは、一つは、全てを外に求めれば自分が努力しなくても済みますからね。楽なんです。非常に気楽な考え方になってくるわけなんです。

結婚にとって最大の障害とは

そこで一つの例を挙げますが、「反りて諸を己に求めよ」というけれども、己というものは何なんだろうかということ。これは非常に難しい問題で。このごろ私、そういう相談はあまり受けないんですが、十数年ぐらい前までは、よく身の上相談というのを受けまして。身の上相談というのは、大体うまくいっている時には来ないので――誰か男女が惚れ合っていて、そういう時に「結婚していいだろうか」と僕のところに相談に来た人は一人もいないんです。そういう時には勝手に結婚しちゃう。だけど、それがうまくいかなくなった時に相談に来る。別れようか我慢しようかというんですが、男のほうでも女のほうでもどっちでも、来た場合に必ず、相手は自分を理解してくれないということを言うんです。つまり、自分はこういうつもりで言ったんだ、あるいはこういう性格なんだと。それを相手はそうは見てくれないというふうに言うんです。要するに、自分を理解してくれないという言い方なんですけれども、オスカー・ワイルドの短編小説の中に、確かある貴婦人が夜会を催して、その席上で若い男女が駆け込んできて、二人はお互いに理解し合った、だから結婚すると言ったらば、その貴婦人が「あら、大変。理解というのは結婚にとって最大の障害よ」と言う、ワイルドの逆説もあるんですが、これは、逆説とのみは言えないのであって、それは私が身の上相談に乗って――お人よしにも身の上相談に乗って――いつでも味わわされている苦い経験から言って、このワイルドのは逆説じゃない。

「愛する」と「理解する」

というのは、私が聞いてみると、例えば自分は本当は相手のためを思っているんだけれども、つまり、自分は優しい人間なんだけど、相手は自分を冷たい人間だと見ているというふうに言うわけなんです。そうすると、それは「本当は」というのは、どうして本当なのかと私は聞いてみるんです。本当は優しい人間だというのがどうして分かるのかと言うと、「私はそう思うんだ」と。そうすると、あなたが解釈しているあなたの人間像と、相手が解釈しているあなたの人間像との食い違いがそこにはあるわけなんです。つまり、あなたは自分を優しい人間だと見て、相手はあなたを冷たい人間だと見ている。そして、その場合に、あなたは自分の解釈が正解だというふうに判断するけれども、その根拠は何であるかと尋ねると、答えに詰まってしまうんですね。大体、人間が人間を理解したり、あるいはものを理解したり状況を理解したりする時に、やはり一番理解しにくいものは何かというと、自分じゃないか。自分くらい分かりにくいものはない。それを、相手が自分を誤解しているということは、言い直せば自分が自分を理解しているように、あるいはもっと意地悪く言えば、自分が自分を理解したいように相手が自分を理解していないということに過ぎないんじゃないかと。だから、あなたが正解と称しているもの、相手が誤解で自分は自分を正解しているというふうに思っている時に、それは自分の正解というのは、自分が本当はこうありたいと思っている自分に過ぎなくて、こうある自分とは言えないんじゃないか――。

さっき申しましたように、惚れ合った、愛し合ったといって結婚する時には、みんなお互いに理解し合っていると思っていて、それが一年もたたないうちに、早いのはひと月かそこらで、理解していなかったということが出てくる。だから、これは私がこの前、言葉の問題で言ったように、言葉というものは、「理解する」という言葉だとか「愛する」という言葉なんていうのは、「愛する」という言葉でどう理解しているのか、「理解している」という言葉で人間はどう理解しているのかという、言葉の問題ともつながってくるわけです。だから、「愛してる」といっても、男が女に向かって「愛してる」と言った時と、女が男に向かって「愛してる」と言った時と、意味が違うかもしれないのに、それをあたかも同じ、「愛」という言葉があるから同じだというふうに思っている。男と女の間では違うでしょうし、それから、A、B、C……、あらゆる人間の場合にも違うはずなんです。それを「愛する」という言葉一つで片づけているから、それでそれが同じ意味だと思っているから困るんだと。

この前、例を挙げたように、「水を持ってきてくれ」というのにお茶を持ってきたら違いがすぐ分かるけれども、愛しているとか愛してないとかっていう言葉だと、その誤解が分かるのに一年かかったり半年かかったり、あるいはひと月ですぐ分かっちゃう場合もあるし、それから、金婚式を迎えてめでたしめでたしなんて人に祝われていても、まだ気が付かないで二人とも誤解してるということだってあり得るわけなので、愛なんていう言葉ぐらい怪しげな言葉はない。「惚れてる」という言葉だったらまだ大和言葉で、こいつはわりあい分かりやすいんです。「もう惚れてないんだ。お前に惚れてない。他にもっと惚れた女ができた」と言えばこれで分かるんですけど、「愛」というとめんどくさいですね。漢語だからいけないんです。「理解する」という言葉もそうなんです。「理解」という言葉が非常に怪しげな言葉。

人間心理の摩訶不思議

オスカー・ワイルドの場合にはunderstandという言葉を使っておりましたけれども、understandしているということは、これはいかんと。それがどうしてかというと、これは逆説とのみは言えないというのは、相手を、例えば今みたいに単純に優しいとか冷たいとかっていうことじゃなくて、もっと他にたくさんの要素が入っているでしょうけれども、そういうふうに理解するとしますね。そうすると、例えば、これは変な言い方だけれども、相手の人間というものをこのテーブルならテーブルの範囲内で理解している。そうすると、これがひと月暮らしてみるというと、それよりも広い、他の別の面が見えてきたり、あるいはその裏側が見えてきたりすることがあるんですね。そうすると、裏切られたというふうに思う。それが危険なんです。だから、理解という、人間が人間を理解したり、それから愛したりする場合の危険は、自分の理解の範囲内に相手を閉じ込めてしまおうとする、そういう危険があるわけなんです。だから、ある意味で言うと、それは非常に、人を理解しているんじゃなくて、自分の理解力の満足を測っているに過ぎないという結果になりがちです。自分の理解している相手というもの以外の相手を見たくない。それ以上の相手を見ると裏切られたというふうに思うんです。これも人間の心理の摩《ま》訶《か》不思議なところでして。それが、面白くないところ、例えばずるいところとか何とかだとします。そうすると、そっちのほうを先に見ておけば間違いなかったんです。

順序が逆だった田中角栄

例えばこれは恋愛、夫婦、結婚の場合ばかりじゃなくて、友情の場合でもそうです。それから、われわれにとってみれば政治家の場合もそうなんです。田中角栄さんでも、贈収賄のほうをよくやっている男だということを先に知っておけば、後で政治をやった時にいいことをやると「ああ、悪いばかりじゃなくていいこともできるんだな」と株が上がるわけなんです(笑)。ところが、総理大臣というのは立派なものだと思って、政治家というのは日本のためにいろいろよくやってくれるものだと思っていた人間が贈収賄をやったというと、腹を立てちゃう。これは、私は理解の前後関係というのがずいぶん大事だと思うんです。これは冗談のようですけれども――角栄さんの場合には少し度が過ぎたんだけれども――人間同士でも、あいつはずるい男だと思っていた、そうしたら、しばらく付き合っているうちにそれが非常に他のいい面を持っている、いざとなるとなかなか正義派だというようなことが分かる。その順序と、逆に、正義派だと思っていた、そいつが案外ずるいことをしたというふうに後でそれを見つけるのとでは、これはずいぶん違うんです。

誤解の元

だから、人間の理解というのは時間と空間というものの、これはいよいよ難しい問題になってきますけれども、簡単なことを言えば、その人間は空間的に同時存在しているわけです。悪と善、あるいはずるさと正直さというものが同時存在しているんですけれども、それを見る時にどっちのほうから順々に見ていくかという時間の問題が関係してきて。先に悪者と見られていたら後で得しますよね。いくらでも後でお土産をたくさん出せるわけなんだけど、先にいい人間だと思われたり、立派な人間だと思われたりするというと困る。動きが取れなくなってくる。だから、これは本人の問題ですけれども、われわれが人を理解する場合に起こりがちなのは、とかく自分が思った範囲外に予想以外のものが出ると、悪く思ったり良く思ったりする。たいていの場合には、自分の理解力というものを信じすぎて、そして、相手がそれ以外の面を見せると気に食わない。それが誤解の元。だから、オスカー・ワイルドの言うとおり、理解というのは結婚にとって最大の障害だということになるんです。

　理解と愛とは全然別の問題であって、あるいは、別の次元の問題なんですけれども、愛するということの前提、あるいは理由に、あるいは根拠に、理解ということを置くと、とんでもないことになってくる。自分の理解力の範囲内に相手を閉じ込めようとすることになるので、そういう意味で言うと、自分本位の見方をするということになる。それがいけないので、だから私は、必ずしも逆説だとは思いません。要するに、自分くらい訳の分からないものはない。われわれは自分というものを知ることができないというふうに思ったほうがいい。だから、「反りて諸を己に求めよ」という時に、それはその態度を言ったわけであって、それじゃあ自分が悪いんだ、自分にどこか悪いところがあるんだということがあっても、とことんまで本当の意味の自己理解というものはできっこない。自分というものはついに分からん存在であると。自分というものが分からん存在であるということは、人間というものが分からん存在であるということになるわけです。それを自分の問題として、自己の問題を考えること、これが今日申し上げたいことの一つなんです。

第七章　強者と弱者

昭和五十一年（一九七六年）十二月十八日

「弱者ほど早く悲鳴を上げるというだけです。強者はなかなか悲鳴を上げないけれども、人間である以上、必ず悲鳴を上げる苦しみというものがあるわけです」

生産的なエゴイズム

処世術ということ、したがって技術ということを問題にしてきたわけです。すべて技術に還元してみたわけですけれども、しかしそれで片が付くものかどうかと。この前は孟子の言葉を引いて、「行ひて得ざる者は、反《かえ》りて諸《これ》を己に求めよ」と。何かしようと思ってうまくいかないという時は、その原因を外に探さないで、自らの能力とかそういうもの、自分の内側を見ろということを言ったわけです。しかし、これはもう一つの今までお話しした中で、エゴイズムというものと関連して考えるとどうか。エゴイズムは悪い悪いといっても、そう簡単には言えない。エゴイズムというのはバイタリティーだとも言える——人間の生きる生命力だと。だから、これをむやみに否定してはいけない。この二つの問題。つまり、すべて己に求めるという考え方。一方で、エゴイズムも必ずしも悪いとは言えないということ。それをかなり強調してきたと思うんです。

これは言い換えると、エゴイズムといっても生産的なエゴイズムと非生産的なエゴイズムがあるわけです。日本人のエゴイズムですが、「今ではどうもみんな公の観念がなくなってきた。戦争中は滅私奉公——公に奉ずる——と言ったけれども、公の観念がなくなった」と言うんですが、考えようによってはそうではない。実は、日本人は公に弱い民族ではないか。エゴイズムがいけない、いけないと言う。ある政治家が、最近ですけれども、これからは高度成長時代は終わったし、日本の資源というものは限られている、だから、これに対して今までの使い捨て時代という考え方は捨てなきゃいかんと。つまり、人のことを思わなきゃいけない、自分のことばかり、自分の欲ばかり考えていちゃいけないということを言っておりました。それは、政治家としてはそういう考え方で簡単に処理はつくし、そういう声明を出せば、何となくロッキード事件とは違う内閣が誕生するんだなという感じが抱かれるということは分かります。でも、政治家の場合を一つの例に取れば、エゴイズムが一つもなくても日本のためにならないような政治、他の人が得しないような政治というのがあるし、非常にエゴイストで権力欲が強くても、その結果としては日本のためになる政治というものもある。そうすると、エゴイズムがいいか悪いかというよりは、そのエゴイズムが生産的であるか、あるいは非生産的であるかというふうに考えて、生産的なエゴイズムならよろしいというふうに割り切ることができるわけです。

強者の論理

技術もそうなんです。今、ロッキードの話をしましたけれども、これは見つからないようにやればよかった、見つかっちゃったからまずい。要するに、技術的にヘマであると。あれだって、コーチャンとか何とかという人の証言がなければ、見つからずに済んだんです。そういうのは今までもたくさんあったはずなんです。その雰囲気の中で田中角栄さんはいろいろやっちゃったらば、たまたままずいことにコーチャンがあんなことを言い出したということなんです。あれを言い出した理由がいろいろ揣摩《しま》臆測されておりますけれども、それはどれが本当であるかということは私にはとても分からない。とにかく、ヘマをやらなきゃいい。そうすると、これも技術の問題に入ってくるわけです。

そうすると問題は、一体、善とか悪とか、絶対的な善だとか絶対的な悪だとか、そういうものはあるのかないのかという問題にぶつかるわけで、これが難しいんです。道義論と結果論の問題でいえば、結果としてよきゃいいんだということでいくと、人間の良心とか何とかというのはあるのかないのか。あっても、それはそんなものを頼っていて、良心的に満足していたって一つも役に立たない、そんな存在は意味ないじゃないかという考え方にもなってくるんです。そうすると、みんなそれぞれがうまい具合に技術で処理していく。それが、結果としてどうにもできなくなった時にわれわれは困る――というのはどういうことかと申しますと、人間というのは今言いましたように、要するに、結果さえよくなりゃいいんだと。それから、技術をうまく習得してやればいいんだと。これはある意味でいうと強者の論理なんです――私が今までお話ししてきたのは強者の論理なんです。つまり、孟子の言葉をこの前言った、「諸を己に求めよ」といってそれに耐えられる、「悪いのは自分かもしれないぞ。うまくいかないのは決して世の中が悪いのでもなきゃ相手が悪いのでもない。責任は俺が自分で持たなきゃならないんだ」と自分に責任を背負い込んでしまう。これは強者の論理ですね。エゴイズムもそうなんです。「エゴイズムで俺のやりたいことをやってのける。やりたいことをやってのけて、それがいいか悪いか、お前たちよく見てろ」といって行動する、これも強者の論理なんです。

弱者のエゴイズム

幸いなことに、そういう人ばかりじゃなくて、というより、そういう人は非常に少ないので、弱者というのは多いわけです。「現代のわが国では、みんなエゴイストになって連帯感を失っている、現在の日本人は戦前に比べてそうだ」という時の、そのエゴイズムは弱者のエゴイズムなんです。言い換えれば、さっきの言葉を使って言えば、非生産的なエゴイズムで。だから、個人としては一つも強くない――エゴを主張する時、自分の欲を主張する時、一人で主張できない、集団をなして主張する。そういうエゴイズムがこんにちのエゴイズムの姿なんです――本当のエゴイストというのは、われわれ見ていてすがすがしい。みんなから叩かれ、はじかれても、やりたいことをやってのける。一人でやってのけるという奴はすがすがしい。ところが、一人じゃできない、自分のエゴイズムを達成するには一人ではできないから、群れをなして弱いもの同士手を組んで自分の欲を達成しようとするのは何か醜い。そういうことを私は感じていて、すべてエゴイズムを肯定し、すべてを技術でもってやっていく——己というものにすべてを還元するということを私は主張してきたわけなんです。

もし人間が、それじゃあそういうことでやって、すべてを——つまり孟子の言葉で言えば、「行ひて得ざる」場合というものがないかと。つまり、自分の技術を磨き、あるいは能力を磨き、肉体的に言えば強くする、精神的にも肉体的にも強くする、そうすれば何でも「行くとして可ならざるはなし」というふうになるかと——人間ってそんなに強いものかという問題が出てくるわけです。すべて計算ずくで技術をすっかり習得して、この世の中を処世術で乗り切っていくと、それほどこの世の中全体読み切れるものかどうか。それから未来も読み切れるものかどうか、現在の情勢も読み切れるかというと、そうはいかない。つまり、私はもし宗教的な意味で神というもの、つまり自分を支配するもの、あるいは自分個人だけじゃなくて人間を超えるもの、人間を超える絶対者、そういうものが存在するとすれば、そしてそれを感じ取ることができるとすれば、それは強者だけではないかというふうに思うんです。つまり、弱者の場合にはその必要がないですね。弱い人は誰か人間の助けを求めればいいわけで、強い人間の助けを求めるとか、あるいは集団の助けを求めるとか、そうすれば自分の欲望は達せられる。日本人の我というのは弱いですから、その弱い我欲というものはたいてい現実的なもので達せられてしまうし、それは誰かの力を借りれば達せられる程度で、それで満足してしまう。だから私は非生産的なエゴイズムというふうに言ったわけです。

苦しい時の神頼み

一方に、エゴイズムというものを際限もなく拡大してくると、ちょっとやそっといろんなものを与えられたからといって満足しないという、そういうエゴイズムもあるわけです。金で言えば、一千万円貯めてそれですっかり安心して満足しちゃう人もいる。それから、いくら貯めても満足しないという人もいるわけなんです。そういうのが欲の強いやつなので、それが本当のエゴイストなんですけれども。いくら貯めても満足しない。それは、精神的な場合でも同じです――いくら向上しても満足しないという——それが私は本当の強者の生き方だと思います。そういう時に、満足しないと同時に、人間のなし得ることというものはたかが知れていると思い始める。その時に、何かそこに神というものを感じ取るということが起こると思うんです。だから、日本人が神や仏を求める時、苦しい時の神頼みという言葉がありますけれども、この苦しさを感ずるというのは、日本人の場合はたいてい弱者を前提としている。苦しさというものを感ずるのは弱者。弱い人間は早く悲鳴を上げる。

　確かに早く悲鳴を上げることは事実ですけれども、じゃあ強者は苦しい時はないのかというと、そうじゃない。強者の感ずる苦しみというのが本当の苦しみであって、つまりそれは、その人の苦しみじゃなくて、人間の苦しみそのものにまでなるわけです。弱者の感ずる苦しみというのはたかが知れている。これを弱者、強者という他人のことじゃなくて、個人の、子どもの時に感ずる苦しみ——例えば肉体的な問題にすれば、百メートルを十五秒で駆けろといっても、ヨチヨチ歩きし始めた頃にそれはとても苦しいことです。ところが、それが中学生になれば、そのぐらいのことは別に大したことじゃなくなってくる。そういう差があるわけなんです——だから、弱者ほど早く悲鳴を上げるというだけです。強者はなかなか悲鳴を上げないけれども、人間である以上、必ず悲鳴を上げる苦しみというものがあるわけです。だから、苦しい時の神頼みというのは、これは考えようによっては非常に正しいことなんです。苦しい時でなければ、人間は苦しさに陥らなければ神の存在を実感することもなければ、また、それを必要ともしないんです。何でも自分の思うとおりかなってしまうというんだったら何でもない。しかし、先ほど申しましたように、弱者の悲鳴というものは、これはその人が自分が弱いから上げる悲鳴である、子どもだから上げる悲鳴、それは本当の悲鳴じゃない、人間の本当の悲鳴じゃない。人間の悲鳴というのは、人間が人間の限界に達した、それ以上に行こうとした時に出てくる悲鳴でなければならないはずだから、強者の悲鳴だけが本当の人間の悲鳴になる。これはその人の個人の悲鳴ではない。

神は強者のみが知る

したがって、芝居を例にとりますと、悲劇のヒーローというものは、人間の能力の限界にまで達した、そういうのが悲劇の主人公であって、そういう作品からはみんなわれわれは、必ずしも宗教劇じゃなくても、神というものの存在を感じるわけです。シェイクスピアとか、ギリシャ悲劇とか、そういうものの悲劇の主人公というのは、非常に強大な人物です。だから、そういうところから神の存在を感ずる。ホームドラマで失恋してクヨクヨしているとか泣いているとかっていうのじゃ、これは人間の限界にまで達したとは言えないので、これは悲劇にはならない。これはセンチメンタリズムの感傷劇――そういうものであって、あそこには悲劇はない。ホームドラマには悲劇はないわけです。そういうことを考えますと、やはり神というものは強者のみが知る。あるいは、自分が実際に強くなくても、強者にならなければならないというその生き方、そういう人生観に立っている。弱いことを特権とする人生観に立っていたのでは、神に近づくことはできない、あるいは感じ取ることもできない。神の存在を感じ取るというのは、これは強者でなければならない。あるいは、強者の論理に生きなければ、神を感じ取ることはできないということは確かなんです。

ひっくり返してみれば

それはまた後でその問題に戻って参りますけれども、今日は一つ、今までの処世術からどうして神が出てくるかということ、処世術の問題をどんどんどんどん、処世術にあらゆる問題を還元していくと、そうすると必ずやりきれなくなってくる。つまり、これを己に求めていくことになり、そういうことをやっていくと、立つ瀬がなくなってくる。どうも自分がそんなに偉くはない、強大ではないということに辿《たど》りつく、そこに神が出てくるということ。宗教というのは処世術の問題を、順々に階段のように上がっていかなくても、今までお話ししたことをパッとひっくり返してみれば、一度裏返しにしてみれば、そこに宗教の問題が完全に存在するんだということ――この前は神という言葉は使いませんでしたけれども、前にお話しした「至誠天に通ず」とか、真心があれば相手に通じるというのは、それは怠惰だということを言って、真心とか誠とかいうのを否定してきましたけれども、裏返しにすると、実は真心や誠を私は語ってきた。天や至誠を語ってきたつもりなんです。だけど、それをわざとひっくり返しにして、それを否定するやり方をしてみせた――全部技術、人間が可能な技術という問題にして考えると、どうしても可能でないところにぶつかる。そうしたら、今までマイナス札ばかり集めたやつがいきなりプラスになっちゃうという、カード遊びと同じように、そういう神が出てくるということを、今日、お話しして――折り返し地点はここにあるんだと、裏返しにするということ――それを申し上げたわけです。

第八章　神は理解できるか

昭和五十二年（一九七七年）二月二十六日、三月二十六日

「神というのは論理的な存在証明ができるものではない、できないものこそ神と名付けるというものなんです。われわれを後ろから突き動かしているものだと。あるいは、歴史を後ろから突き動かしているもの。中心からちょうど分銅みたいにしてこれを回して、われわれがそれに振り回されているものなのであって、それをどうして神様を説明するのか」

孔子と鬼神

私はわりあいキリスト教というか、カトリックというものに興味を持って――興味を持っているというか、信条的なことは別として、ロジカルに言ってあんなにうまくできている宗教というのはないなと。うまくできていると言ったらカトリックの人は怒るかもしれないけれども、そう思っていたんです。けれども、最近はだんだん疑問を持ってきているんです。その疑問を持っているというのをうっかり、大問題だから、そう軽々に口にすべきじゃないとも思う。そこで、むしろ、それはなぜという話をするより、孔子の話をしてみたらどうかなと思って――。孔子がいろいろ質問されて、鬼神について――鬼神というのは、鬼というとなんか「福はうち」のあの鬼を考えちゃうんですが、そうじゃなくて、あれは同じ神なので、陰と陽との神ですね。陰の神を鬼《き》と言い、陽の神を神《しん》と言うわけです――孔子は普段はいろんなことを質問されて答えていくわけですが、鬼神のことを聞かれると逃げちゃうんです。あれは意識的としか思えない。何カ所か論語の中でも鬼神について聞かれる――鬼神について、というと、「そんなことは分からない」と言う。また、死について聞かれると、それも「分からない」と。死後の生命とか、死んだらどうなるかとか、本当に分からない。なぜかというと、「生について俺はまだ分かってないんだ。どうして死ぬことが分かるだろう」というようなことを言って、とぼけちゃうんです。

神学のおかしなところ

鬼神のこともそうなんです。鬼神は敬して遠ざく。鬼神というのは大事に拝んでいて、これはなるたけ遠ざけていたほうがいい、あまりなれなれしく付き合わないほうがいいということを言うわけなんです。私、だんだんそういう考えが――私も東洋人なのかなと思ったんだけど――強くなりましてね。普段、鬼神と近づいている人間というのは、どうもだんだん気味が悪くなってきて、付き合いにくいなという感じがだんだん強くなってきたんです。どうしてかというと、私は、これはやっぱりちょっと言わなきゃいけないかもしれないけど、カトリックでもプロテスタンティズムでもそうですけれども、どうしてあんなに神様のことをなれなれしく知っているような顔をしているんだろうと。神様というのはもっと偉い人なんじゃないかと――偉い人と言っちゃいけないな、偉きもの――ものといっても物質じゃなくて、偉き存在。人格神の偉き方なんです。偉き方なのに、どうして神様のことをあんなに詳しく知っているのかと。恐れ多くてそんなこと知らないほうがいいんじゃないかと思うんですけど。大体聖書がそうですね。旧約聖書は神様がいちいちしたことをみんなよく書いてある。あんなことどうして分かるんだろうと。神がわれわれ人間のしたことをみんな書いてあるんだったら、これは神様というのはそれぐらい偉い人だと分かるんだけど、聖書は、人間のくせにどうして、神様が一日目に何々を作って、二日目に何々を作って、七日目に休んだり、そんなことまでどうして分かるんだろうかと。あれはインチキだぞ、と私は思い始めましてね。まあ、クリスチャンがいらしたらご勘弁いただきたいんですけれども。とにかく、私は、旧約や新約は文学だと思えばいいと思うんです。あれは文学としては素晴らしいですよね。だからいいと思うんですけど。トマス・アクィナスという中世の末期の神学者による神学の完成ですね。あんなに完成してしまう――宗教は学問じゃないですからね。例えば男女の惚れたという問題と同じなので。

惚れたというのをいちいち理屈でもって説明していく、それで、相手の惚れるに値する理由というものを言って、俺が惚れるんだからお前も惚れなきゃならないはずだ、というようなことまで言われると、やっぱり腹が立ってくる。それが神学というもののおかしなところじゃないかと思う。

あれはどういうことかというと、神様というものは人間を表現しているものなんです。人間ばかりじゃない、自然もそうなんですが、全部を表現したもの、それの創造者であり表現者が神なんです。こっちは被創造物であり、被表現者なんです。それがどうして神のことが分かるのかと。作られた人間なんですから。神様は後ろにいてこっちを突き出してきたわけですから。それを、やはり西洋人というのはそういうところがあるのかなと——すべての西洋人がそうとは限りませんが——私は原始キリスト教はそうじゃなかったと思うんです。途中で、人間の学問的要求というものもあるし、それから、異端だとかいろんな問題も出てくるし、それから、他の宗教とのいろんな比較とか何とかというものが出てくる。そういうことがあるものだから、神様が後ろにいて、人間は前を向いて動いていりゃいいものを、フッと後ろを振り返って神様の顔を眺めたのが、これが間違いのもとだと私は思うんです。神の顔というのは見えないもの――神というのは光そのものなんだから。見たらまぶしくなって目がつぶれるものなんです。それを見て、そして神の顔まで描き上げたというところから、私は間違いが起きたと思うんです。

マルクシズム

それは、私はマルクシズムも同じことだと。マルクシズムを生んだのはキリスト教だと。それは、私は初めプロテスタンティズムから生まれたと思ったけど、やはりカソリシズムそのものの中にもそれがあると。原始キリスト教は別ですね。これだけはもっと素直な、アッシジのフランチェスコみたいに、鳥と話をするような無邪気な坊さんがいるうちは、これは健全だったと思うんです。今でも時々そういう神父さんがいますね。フランスにも、田舎の司祭にもいるし、それから学者、もっと偉い人でも、ガブリエル・マルセルなんていう人は私は非常に尊敬していて、あの人の書いているものを見るといつも打たれるんですけれども。そういうのと違って、イエズス会だなんていうのはどうも……これはあんまり言うと差しさわりが出てくるから止めますけれども。あんまり神様というものを説明し始めた、あるいは学問的に――神様は人間が浅はかな知恵を持っていろいろ説明しなきゃ成り立たないほどヤクザなものじゃないんだということが、どうしてキリスト教の坊さんに分からないんだろうかと、私はここのところ何年間か疑問に思っているんです。時々坊さんをからかって何か喋るというと、坊さんは嫌な顔をするんですけれども、実際私はそう思うんです。

神の存在証明

それは、キリスト教に限らないんです。仏教だって何だってそうなんです。あんまり説明が多すぎる。あんなにまでやらなきゃならないものかと。偉い人には違いないですよ。私だって道元とか何とかっていう人は偉い人だと、われわれなんか足元にも及ばない偉い人だと思うけれども、神様というのはもっと偉い人ではなかったかと――偉い「人」、と言っちゃいけないけれども。仏様でもそうなんですが、神仏というもの、それをどうも今の人でも、私も学生時代からそうですが、本を読んで感心する癖がある。大蔵経ほどのものじゃなくても、あるいはトマス・アクィナスほどのものじゃなくても――いろんな説明によって、神学的な説明によって、神の存在証明を得ようとするところがあるんです。神というのは論理的な存在証明ができるものではない、できないものこそ神と名付けるというものなんです。われわれを後ろから突き動かしているものだと。あるいは、歴史を後ろから突き動かしているもの。中心からちょうど分銅みたいにしてこれを回して、われわれがそれに振り回されているものなのであって、それをどうして神様を説明するのか。振り回されていればいいものを、止まって後ろを向いちゃいけない。振り回されながら、実感するべきものだと。神というのは実感すべきものだと、そういうふうに私は思うんです。

神でも仏でも

ことに宗教という問題は難しい。私もこの連続講演で、はっきりとまだ話してないなと思うようなこともたくさんあるんですけど、それをうまく脈絡をつけて話せないんです。どうも、とば口までは行っても、宗教というものそのものは話せないんですね。あるいは、神でも仏でも、そのものについて語るということができない。私はそれをキリスト教の神学なんかは語りすぎたというふうに言った。つまり、神様は後ろにいるので、見たことはない。それがあるということを信じているだけのものだろうと私は言ったわけなんです。それを、後ろを向いて「神様はこういう格好をしている」ということを言い始めたからいけないんだと。だから、ニーチェが言ったように「神は死んだ」という時代が来ちゃった。私はキリスト教について言えば、原始キリスト教時代が一番よかったんじゃないかと。紀元六〜七世紀の頃というのが一番健全だったんじゃないかと。アッシジのフランチェスコみたいに、鳥と話をするような坊さんが出てくる、これが最高じゃないかなというふうに思う。

理解と裏切り

それを神学体系なんていうのは、これもトマス・アクィナスはアリストテレスをそのまま持ってきて、うまい具合に利用して、合理的にこしらえ上げた——知っちゃうと駄目、これは、前に私が理解ということについてお話しした時に、人間同士も、夫婦でも恋人でも、相手が分かっちゃったということになるといけなくなるんだと言ったと思うんです。ワイルドの作品を例に取って言ったと思います。要するに、今まで聞かなかった人のためにちょっと繰り返しますけれども——ある夜会を貴族の夫人が催した時に、若い男女が来て、「お互いに理解しあったから、これから結婚します」と言ったらば、「あら、大変。理解というのは結婚の最大の妨げよ」ということを言ったという。それはワイルドの逆説じゃないと私は言った。なぜなら、お互い理解し合ったと思うと、自分の理解力の中に相手を閉じ込めてしまうんです。だから、相手がそれからはみ出た時に、その人間は自分に対する裏切りだと思ったりする。そういうことが起きるので、理解というのはよくないという——それと同じに、神様というものを理解しちゃいけないと。理解できるようなものなら神様じゃないと——。ちょうどよく心霊術で、写真に心霊が出たなんていう話がありますね。写真に写るような心霊じゃ、とても私は物的存在として信用できない。それと同じようなもので、神様も隅々まで分かっちゃうなどということは——。

遠藤周作の『沈黙』

だから私は、そう言うと怒られるかもしれないけど、友人の遠藤周作君が『沈黙』なんていうのを書いた、神が沈黙したというけど、沈黙しているのが神様の商売じゃないかと——商売というとおかしいけれども、仕事じゃないかと思うんです。問いかけても答えない、救いを求めても一つも手を伸ばしてくれない、これが神様というもの。それでこそ信じられるのでね。救いを求めたら助けてくれる——これだったら金貸しと同じだなと、銀行だってそう、やはり質問して答えてくれるという、これは大したものじゃないんです。そんな答えられるようなものじゃ大したことはない。問うても答えられないものが世の中にはあるんです。そういうものを前提としなきゃ神というものは出てこない。その神様というものを、あるいは神というものを、その手先——手先と言っちゃいけないけど、神父とか牧師とかという人たちですね——代理人たちは、神意を知っているかのごとく振る舞う。これがどうも私には気に食わなくてしょうがないんです。そう言うと、宗教を信じてらっしゃる方に悪いけれども、そうかといって、私はいわゆるプロテスタントの極端な、無教会派的に——無教会派の悪いのは、自分が神様のことを一番知っているというふうに思っちゃう。だから、私は神の存在は信じているけれども、付き合わないことにしている。付き合える人じゃない——人と言っちゃいけないな。付き合える存在じゃないんだということ。それをこの前申し上げたと思うんです。神様との付き合い方は、付き合わないこと、ということです。

それでも苦しい時の神頼みというのは、あれはピンからキリまで考え方はありますけど、あれが本当の神様との付き合い方だと思うんですよ。普段神様なんていうものと付き合いをしちゃいけないんで。やりきれなくなってどうにもしょうがなくなった時に、お賽銭《さいせん》をあげようかという気持ちになるものなんです。それから、神様なんていうのは日頃考えてもいない、信じてると思ってもいない、そういう人間が、自分の恋人が死ぬなんていうのに接すると祈りたくなる。何者かに向かって祈るという、それが苦しい時の神頼み——中小企業でもそうですが、倒産しそうになると浅草の観音様へお参りに行くという。そういうのは現世利益ですけれども、やっぱり同じことで、苦しい時の神頼み。どうも日本の信者——これは差しさわりがあるな、宗教のことって本当に差しさわりがあるんでね。だから、新聞でもテレビでもそれには触れないことにしているんです。そういうのは構わないと思うんだけど――僕の場合は構わない、この三百人劇場のお話では構わないと思うから触れますが。腹がたったら二度と来ない――あ、もう今日が最終回だからこれでいいけど（笑）。自分が信じている神様のことばっかり言っている人がいるんですね。

どうも日本のクリスチャンとか、それから新興宗教とか――新興宗教は折伏《しゃくぶく》までしますね。だから、ただ神様の話をするどころか、人まで信じさせようという。これは全く鼻持ちならない。人まで信じさせようというのは、あれは何か自分が神様というものの手先、あるいはお使いをしているつもりだけれども、実際は自分のお使いを神様にさせているようなもの。自分の信仰を相手に押し付ける。これは神様の例を取るとちょっと分かりにくいかもしれないけれど、自分に効いた薬を他人にもどうしても飲ませたくてしょうがないというようなのもいますからね。それは、何かやっぱり自分の自己主張、自我意識というか、我執みたいなもので――我執と信仰とをどこで分けるのかというのは実に難しいです。たいていの場合には私は我執じゃないかなと思います。

昔は「信心」だった

それはさておいて、この前申し上げたことは、私は、神様というものを規定し始めたからいけないんだと。後ろを向いて神様はこういうものだということを言い出したから信仰というものは堕落し始めたんだとお話ししたと思うんです。それ以上に何をお話しするかって……だから、私は、神の話をしちゃいけないんですね。ちょっと看板に偽りありなんだけど、「宗教まで」、と言ったけど、「これから先は宗教の問題」と言って打ち切ったほうがいいんです――それじゃあそっけないから何とかサービスしようと思って努力しているんですけども――どう考えてもなかなか難しい。第一、宗教という言葉……そのことならお話しできますね。宗教というのは一体何なんだろうと。宗教というのは、これはよく調べてみないと断言はできないけれども、やはりネオ漢語じゃないかと思いますね。religion の訳語じゃないかと。昔、江戸時代もあったかもしれないけれども、大体「信心」という言葉で普通は理解されていたんじゃないかなと。「恋愛」とか「愛」とかなんていう難しいことじゃなくて、「惚れた」とか「恋してる」とか「好きだ」とかっていうのでやっていたのと同じように、昔は「信心」だったと。「信仰」というのだって、新しく興った新興語なんでしょう。それは難しい文章の中には出てくるけれども、普通のわれわれの日常会話として、日常言語としてはみんな「信仰」なんていうことは言わない。「信心」という言葉で。それから、神様にはお参りする。「お参り」というような言葉で。仏様もそうなんです。そういうかたちで付き合ってきた。

日本人にも絶対者という意識はある

だから、日本には宗教はない。私も一度そういうことを書いたことがあるんです。宗教はない。それは、西洋流の意味の宗教がないということです。宗教というのを唯一神教、あるいは絶対者というものを持ったキリスト教を原型にして考えると、これはどうも日本にはそういうものはないんじゃないかと。八百万《やおよろず》の神というのはあるし、仏様というものも、これは西洋流の絶対者というものとは違う。第一、日常生活における宗教のあり方が違うわけでしょう。生まれた時には神社で、死ぬ時はお寺に厄介になると、両方うまく使い分けていたわけなので。だから、そういう意味でも西洋流の宗教というのはない。しかし、日本人には絶対者はないという考え方は間違いじゃないかと。やっぱりあるので。そういうのをうまく理論化しなかったけれども、日本人にもやっぱり絶対者という意識はあるんじゃないかというふうに私は思うんです。ただ、それをうまく私は話せない。ただ、似ているのは、イギリスなんかがわりあい似ているところがあると思うけれども。ローマ法王との絶縁の仕方なんか、これはイギリス流の一種の現実主義でやっている。そういうところは似ていると思うんです。

人間の普遍性とは

でも、それは似ているんだけれども——要するに絶対者という言葉は難しいけれども、少なくとも、さっきの文学の話と似ているんだけど——自分というものを絶対視しないというところからいろいろ出てくる問題があるんです。つまり、簡単に言うと、相手の立場に立つという思いやりです。思いやりというのは、何か理論的な絶対者、あるいは超絶者というものを一つ設けなくても、そこに人間の普遍性というものを考え、そして、その普遍性に照らして相手のことを思いやる気持ちが日本人にはあるので。これは日本人に限らずどこでもある。で、これを人間的と言ってもいいと思います。それは私は洋の東西を問わずあるんだと。他人に対して人間的であるということ、「あれは非人間的だ」というようなこと、そういうようなことはあると思うんです。そういうことで言えば、日本人には絶対者はないというふうに言いきれない。それがもしそうでなかったら、われわれは外国人と話していても全然通じないということが起きると思うんです。だけど、そういうことはないだろうと。

外国の文学を読んでも、それはキリスト教というものを本当に分からないと——分からない部分というのはありますけれども、大事なことはやっぱり分かっている。私もクリスチャンじゃないし、キリスト教のことはよく知らない。だけども、クリスチャンの書いたシェイクスピアというのは分かる。いくら分かったって本当のことは分からないだろうと言われればそれまでだけど、そんなことを言い出したらお互い同士みんな、人間の関係はみんなそうだと。個人同士だって、みんな分かる、分かると言ったって、「俺の気持ちがお前は本当に分かりゃしない」と言われればそれまでになっちゃう。だから、そう言われりゃそういうことがあるかもしれませんけれども、やはり普遍的なものというのはあると。それは、そういうものが本当の神で、キリスト教の神が神じゃないと。お互い同士みんな分かり合うものはある。だから、神というのはある。

法は最低の道徳

もう一つ今日補足しておきたいのは、法という——法律の法ですね——これは道徳との関係でよく、法は最低の道徳だという言い方があるんです。これはある意味では半面の真理を言っているので。法律を犯さなければまずまずいいという、社会人としてどうやらやっていけるという意味で。それだからといって立派な人とは言えない。しかし、法律は犯さないという消極面は持っている。そういう意味で、法は最低の道徳だということは言えるんですけれども。しかし、道徳が——そんなことを言い出すと、みんなただ分からなくしちゃうために話をしているような結果になりますけれども——道徳だってそうじゃないかなと、道徳の善悪というのは。法律の場合には、犯すと罰せられます。裁判所へ行って判決が下って、罰金を納めたり牢屋へ入ったりするということがある。道徳の場合にはそういうことはない。これは確かにそれだけの違いはある。

　だけど、法律だってうまくやればうまくいきます。罰せられずに済む。皆さんのうちだってそういうことをやっている人もいるだろうと思うんです。規則だってそうなんです。道路交通法違反というのだって、駐車禁止というのだって、うまくやれば罰金を取られずに済む。スピード違反でもそう。それと同じように、法律の場合、見つかるといけないんです。だけど、道徳の場合だってそうなんです。道徳の場合の悪というのだって、見つかるといけない。第一、見つからなきゃ分からないんだから、悪いもクソもないです。それから、見つかったって、さっきの、法は最低の道徳だというふうに言うのと同じように、それは最低のことだと。だから立派な人だとは言えない。法を犯さなくてもですね。そういうことを言ったのと同じに、道徳だって、道徳的にあの人は悪を犯さないということがたとえ行われたところで、それじゃあ立派な人だと言えるかと。道徳的に悪を犯さないというだけでどうして立派な人だと言えるか。

クリーンが値打ちになるのか

このごろアメリカのカーター大統領が少し半狂乱の体で、道義外交だとか人権外交だとか言ってますが、あれも一つの宣伝でしょうけれども、宣伝じゃないと思うのは、あれは生まれがファンダメンタリスト（原理主義）ですから、少し狂信的なところがある。ちょっと人相にもそういうところがありますけれども。ああいうことが出てくる。これはそれとはちょっと程度は違うけれども、前にもお話しした、三木武夫首相というのはクリーニングで持ったわけですけれども、田中角栄はロッキードをやって、三木は「俺はやらない」と――やらないと言ったからといって、政治家でそれで合格とは言えないし、道徳的見地から見ても、悪いことをしないということがどうしてその人の人間の「値打ち」になるんだろうかと。悪いことをしなくても、ちっともいいなくてもいいような人間もいる（笑）しねえ、悪いことをしても、この人はいたほうがいいし、好きだし、あるいは役に立つという人もいるんです。

要するに、悪いことをしないということはゼロなので、悪いことをした場合にマイナスになる。いいことをした場合にプラスになる。プラスマイナスでプラスが残るほうがゼロよりはいいだろうと。だから、片方で悪いことをしていても、片方でいいことをしていて、帳尻がプラスになりゃいいだろうと。逆にマイナスになっても魅力のある人間というのはいるから、これがちょっと困るんだな。ごく通俗的な例を挙げれば、鼠小僧次郎吉式なものもいるわけなんです。そうじゃなくても、本当の悪人でも魅力のあるやつというのはいるんです。

鶴屋南北には本物の悪人が出てこない

シェイクスピアなんかを見るとそれが出てくるので、私は好きなんですけれども。これは日本の芝居にはめったに出てきませんね。南北は——ここで鶴屋南北論をやる時間はないからやりませんけど、私は鶴屋南北というのはちょっと眉唾だと思っているんです。みんなが買っているほどは買わないんです。本当の悪人というのが出てこない。それはシェイクスピアなんかには出てきます。これはシェイクスピア一人に限りませんが、これは魅力があるんだからしょうがない。ただ、そいつと付き合いたいとは思わないですよ。そんなのと付き合ったらとんでもない被害をこうむりますから。でも、はたで見ている分にはそいつは魅力がある。だから、私がそいつと付き合ったら、こいつには「けしからん」と道徳的な社会的な制裁を加える、あるいは法的な制裁を加えてもらいたい。もっと理想的に言えば、神様はこれを早くあの世へ持っていってもらいたいと思う。そういう人はいるんだけれども、そうじゃなく、対岸の火事というふうに見ると、悪人というのは魅力ある場合がある。だから、結局世の中に害だけ流していても、魅力のある人もいるんです。

道徳的にこの人は悪いことをしてないということは、その人の値打ちとか魅力とかというものとはあんまり関係ないんです。一つもそつがないといったって、魅力が必ずしもあるとは限らない。悪いことだけしていても魅力があるという——これは論外としましても——やはりプロダクティブであるかどうか。いわゆる生産的であるか非生産的であるかということのほうが、人間観として基準になるんじゃないか。だから、立派な人であるか立派な人でないかということよりも、この人は生産的であるか、非生産的であるか。社会的にも、あるいはある組織の中でも、あるいは家庭の中でも生産的であるかどうかというふうに考えていったほうが、サバサバしていいんじゃないかと思います。

自己犠牲は最高の美徳

宗教とか何とかそういう問題――道徳を一歩進めていくと宗教の問題になってきますが――そういう問題はもうあんまり触れないほうがいいと。孔子様のように、そっちは触れないようにしておくというのが私の考え方なんです。ただ、だいぶ前に私は石川達三の問題を出して道徳論のことを言って、道徳というのも時代とともに変わるということを彼は言ったのに対して、私は反対したということを、ずっと出席なさってる方は覚えてらっしゃるだろうと思うんですけれども。これは大体において、西洋だったら中世、日本も大体中世まで、うんと譲って言えば、やっぱり戦前と戦後を分けて、私の経験している時期においても、戦前と戦後と大きく違うということを一つ申しますと、道徳にせよ宗教にせよ、理想というものがありますね。その理想というものは、大体どこの宗教でも愛というものを理想とするわけです。愛というのはいろんな、これもネオ漢語ですから解釈が難しいんですけれども。いろんな言い方がありますが――自己犠牲ですね。イエスも自己犠牲でしょう。しかし、ああいう大きな自己犠牲じゃなくても、法隆寺の玉虫厨子《たまむしのずし》には捨身飼虎図《しゃしんしこず》というのがありますね。身を捨ててトラを養うという、自己犠牲。これが最高善であり、神への道というものであると。これは間違いないんです。これは分かりきったことなんです。時代によってそれは変わらないんです。それから、人種によっても別に変わらない。人種によって変わらないといって、また人種という問題があれで、北京原人など持ち出してこられちゃ私も困るんだけれども。人類の文明というものが発生して以来、これは変わらないと言っていいので。自己犠牲というものは最高の美徳だということ、これは変わらないんですよ。だから、時代によって変わるというのは私は間違いだと思うんです。ただ、民族性とか習俗、風俗とか、そういうようなものによって多少の変化はあるんだけれども、最高善というものが変わるということはない。

ところが、石川さんの考え方というのは、例えば現実というものをよく見ろと。現実を見ると、例えば一夫一婦制ということは、これはほとんど行われてないじゃないかと。私はほとんど行われてないというほどじゃないと思う――あれは週刊誌の読みすぎじゃねえかなと（笑）、これはかなり行われているんですよね。行われてなくてもいいですよ。一歩譲って石川さんの言うとおり、全日本で行われてないとしてもいい。だけども、それだから、現実を見たらそうだから、そういう意味のない理想はやめたらどうかという言い方になってくる。これはわりあい俗耳に入りやすいんです。私がさっき、戦前と戦後とを大きく分けるものだと言ったのはそれなんです。戦前は、やっぱり理想というのは非常に高いところへ置いておく。自分はこの辺だとても駄目だと思っていても、それから、世の中というのはこうなっていて、理想どおりいきやしないんだと思っていても、だから理想というものを下げるという、これは考えなかった。

戦後の現実

ところが、戦後は、人類の歴史を眺めてきてもそうだし――戦後の現実というものはことに大きく変わってきた。これから見ると、今までの戦前の理想というものは、これは無理じゃないかと、だから、それは否定するとか、あるいは変えるとかするということがいいんじゃないかといった考え方。これは間違っているんです。そういうのは一種の求心力みたいなもので、そういう理想というものがあるから、また言い換えれば、さっき言った神と同じで、神というのは規定すべきものじゃない、あるいはそれを見るべきものじゃない、姿を描くものじゃないということを言った。それからもう一つ言いましたのは、沈黙しているからこそ神だと、答えを出さないから神だと。だから、理想というのは実現できないからこそ理想の名に値するので、ちょっとやそっとの努力でみんなが実現できたり、世の中が理想的になったりする、そんな理想ならばつまらないもので、それは理想じゃないと――。

ですから、ユートピアというものを現世で実現できる、そういうのが間違いですね。この前私は、マルクス主義というのはキリスト教から出てきて、マルクス主義はユートピアというものを描くと、いつの世にか理想が現実化すると、それがいけないんだということを申し上げました――理想どおりの世の中なんて起きないということ、これは別問題としましても、たとえ行われても、そういう世の中というのは駄目、こんなつまらない世の中はない。

宗教と権力者

それからもう一つは、実はこの前言い忘れたことがあるのですが、人間の中にあるのは、ちょうど唯物史観とか、あるいは進歩的な考え方から言うと、政治家、あるいは権力者が、人民を支配するのに都合のいいように宗教というものを使うという考え方を持ちやすいんです。そういう面も私はあると思いますよ、そういうことは確かに。政治家というものはあらゆるものをそういうふうに使いますからね、宗教ばかりじゃなくたって。今も、ポルノの取り締まりをあまり行ってないのは、風俗店とかこういうのにうつつを抜かさせておくほうが、政治のほうに文句をつけてくる人間が少なくなるという考え方だってあるので。これは今まで歴史上、世界各国そういうことはあったんです。だから、今でも赤線地区復活なんていうのを政治家で考えているのはいます。そういう種類のことをみんな考えるものです。だから、宗教にしろ、「処世術から宗教まで」じゃなくてポルノから宗教まで、政治家は使おうと思えば何でも使える。だから、それで宗教というものとかポルノとかいうものを、それだけで判断するわけにはいかない。

宗教というものは、政治家がそういうふうに使っても使わなくても、人間の中に神を求める気持ちというのはあるんだと。それから、理想を求める気持ちというのはあるんだということなんです。これは現実主義者のような人間でも、そういうものはみんな持っている。だから、これは上から与えたものとは必ずしも言えないんです。ある民族の統一とか何かを図るために、結果としてそういう効果をなすことはありますけれども、動機としてそのために神をでっち上げたというようなものではなくて。神を求める気持ち、あるいは理想を求める気持ち、その理想というのは実際は自分でもできないし、人間にも到達できないような、そういうものを求めている。それが今までにも宗教とか道徳の最高善というようなものを求める気持ちになっているので、それを実現できるようにしちゃったら魅力がなくなっちゃうんです。

それは卑近なたとえで言えば、結婚してだんだん日がたつにしたがって逆の傾向になりますけれども、惚れている時には相手を理想化したいという気持ちをみんな持っているんです。だけど、結婚すると今度はなるたけ相手を実際以上に値打ちを低く見て、離婚する口実を見つけようという気持ちになってくる。その違いはあるかもしれないけれども、人間の中には意地の悪い目と、同時に、やっぱり相手をよく見たいという気持ちと、みんなどちらも持っているんです――それが神とか理想とかいうものを生んできたものであって――それは本当のクリスチャンから言うと、神が人間を生んだんだということになるんですけれども、そういうことは私はどうでもいいんですよ。今両方とも、どっちが鶏でどっちが卵だなんていうことを論じ合ってもしょうがないと思うので、そういうことはどうでもいい。しかし、とにかく、もし神が要らない、あるいは理想というものを現実に引き下げていこうとか、現実に見合うような理想を持ったらどうかというような言い方をされると、「それは待った」と言いたい。人間の中にはそうじゃないものを求めるものがあるんだということを申し上げたいんです。

衝動と本能

われわれが小説とか芝居とか、優れたものの中に求めているものはやっぱりそうです。文学にヒーローを求めるというのも、そうなんです。われわれが、例えばシェイクスピアで言えば『リア王』だとか、あるいは悪党で言えば『リチャード三世』とか、そういうのもありますが、とにかくわれわれの能力を超えた、現実の世界では見られないような人物を生み出す。それは劇作家、あるいは小説家の衝動としてあるわけなんです。それがまた、そういう商売というものが出てくる——商売と言うのはおかしいけど——出てくるというのは、人間の中にそういう衝動があるからなんです。人間の中にはそういう理想や神を求める要求というのがある。これは本能と言ってもいいと思うんです。だから、理論的なもの、理性的なものじゃない。本能としてそういうものがある。

人生論について

もっと卑近なことを言うと、人生論というのがあります。あるいは人生観というものの。みんなそれぞれ持ってますよ、生きる時に。われわれ二本足で歩いていて、杖は要らない。年寄りになると杖が要る、盲人になると杖が要りますね——人生論とか人生観というものは一種の杖みたいなもので、みんなそれを持っているんだ。意識するとしないとにかかわらず持っていて、それを頼りに生きている。それは床屋のおじさんでも下駄屋のおばさんでもみんな持っているんです。原稿用紙を与えて書けと言ったって、それは書けない。書けないけれども、ある一つの実感としての人生観というものは持っている。それに従って生きている。言い換えれば、何が善で何が悪だと——それから、どういうことが望ましいことでどういうことが望ましくないか。それから、人に対してどういうふうにすればいいかとか——そういう人生観をみんな持って生きているんです。

戦後と戦前の違い

ただ、私が戦後と戦前とではずいぶん違うと言うのは、それを持っていないということが悪いことだと、あるいは、自分なりにそういうのを持ってなくても、いわゆる神信心というようなもので、あるいは神信心までいかなくても目上の人に言われたこと、そういうことに耳を貸そうという、そういう態度が失われた。言い換えれば、理想というものが実現できない理想ならばそれは下げるという行き方でいくなら、これはみんな今の自分を「絶対」にしてしまうということになってくる。すべて、自分を基準にものを見る。自分というのは個人の場合もあるし、それから、今の世の中という場合もあるでしょう。「歴史の流れ」とか何とかって非常に浅薄な言葉が流行りますけれども、水は高きより低きに流れるんだから、これは低きに流れていく。それなら低くなっていきゃいいという風潮が生まれる。世の中が間違ったらそれが正しいんだと、そういうふうになっていく。それは結局、現代、あるいは現世、あるいは自分を絶対とするということになってしまう。

　これは、もう共同体というものの否定です。共同体の発生というのは、実はみんなが同じレベルに立つとか、あるいはみんなが同じ考え方を持つというわけではなくて、ただ、みんながある一つの共通の理想を持つということ——それが一つの共同体の意味なんです。共同体ができるというのはそういうことなんです。それは家庭のような小さな共同体から、大きな国家なら国家、あるいは世界という共同体、そういうものもみんなそうなんですけれども、一つの理想を持つということなんです。それを、みんなが自分の、例えば民族なら民族がそれぞれ自分の現実を理想としちゃったり、個人が自分の現実、能力、そういうものを理想としちゃったりしたら、もうこれは共同体というのは成り立たなくなってしまう。そこに難しい問題がある。戦後と戦前との大きな違いというのはそういうこと。やはり自己絶対視ということがだんだん戦後は強くなってきた。それが、さきほど言った石川さんのような発言になってくる。現代に理想を合わせたらいいんだということになる。むしろ理想はそのままにしておいて、現代を裁くという態度じゃなくなってくるんです。それは間違っていると思うんです。

じゃあ、どうも——。お粗末でした。

あとがき

福田　逸

冒頭に掲げられているように、本書は東京・本駒込にあった三百人劇場に於いて昭和五十一年（一九七六年）三月から開講された、〈三百人劇場土曜講座〉の第一回から第八回までを収録した。この土曜講座が開講されたについては、それなりの曲折がある。少々長くなるがまずそのいきさつを書いておく。

福田恆存らが結成した現代演劇協会傘下の劇団「雲」が前年分裂し、分裂組が抜けて演劇集団「円」を創立した。当時の稼ぎ頭だった俳優たちが、ごっそりと抜けたため、残された「雲」残留組と、現代演劇協会内のもう一つの劇団「欅」とが合体して出来た劇団「昴」の経営が甚だ苦しくなった。殊に三百人劇場という建物の維持に苦労したわけである。そこで福田恆存が考えた企画の一つがこの〈土曜講座〉であり、毎回二人の講演を行い、恆存が後半を受け持った。ちなみに、第一回の客員講師は小林秀雄、第二回が田中美知太郎、以下会田雄次、矢島鈞次、藤井隆、高坂正堯、林健太郎、山本健吉と続いている。翌年には〈古典思想講座〉として、田中美知太郎、宇野精一、高橋義孝などの講座も開かれている。

その他にも劇場維持のために、〈三百人劇場ロードショー〉と銘打って、「ハムレット」や「恐るべき子供たち」等々の映画上映をするなど、少しでも劇場を活用しようとした苦肉の策があれやこれや企画された。恆存は一時、劇団活動の休止まで考えたようだが、それは「実現」せず、残留組の役者達が稽古場を奪いあうように公演から自主発表会まで盛んに行われてもいる。

のみならず、「志ん朝の会」なる落語独演会を企画したり、映画上映はその後〈三百人劇場全貌シリーズ〉と名付けて、「ソビエト映画の全貌」（全四十本、ＰＡＲＴ２全五十本）、「大島渚の全貌」、「黒澤明の全貌」等々、さらには〈三百人劇場ファミリー・サロン・コンサート〉等の様々な企画が立てられた。いわば、四苦八苦、あの手この手で劇場維持と劇団昴の公演継続に邁進《まいしん》したわけである。〈土曜講座〉は、いわばそれらの嚆矢《こうし》となったわけだ。

さて、〈土曜講座〉の最初の八回分は、その後新潮社から新潮カセットとして音声がそのまま世に出された。が、やがて、新潮カセットの小林秀雄はＣＤ化されたのだが、福田恆存のものは絶版となった。そこで、もうかれこれ七、八年前になろうか、恆存の連続公演を一冊の本にしたらどうかと思い付き、文藝春秋の西泰志氏に相談し、快諾を得てテープから文字起こしした原稿に赤字を入れるところまで進んだ。が、文春も私も他の仕事にかまけて宙ぶらりんになってしまっていた。それを漸く、この度、新書という形で世に問う次第である。

　ＣＤという形で生の音声を聴くのにも味わい深いものがあり、それにはそれの利点があろうが、活字を追うという行為には、立ち止まって考えたり、読み直したりできる利点もある。読者に沈思黙考する機会も与えられるのではあるまいか（ただし、現在は音声配信サービス「ＬｉｓＢｏ（リスボ）」で、この連続講演を聴くことはできる）。

　校正をしていて、つくづく考えこんでしまったところが幾つかあるが、その中から一つ、一〇四頁から概略を——日本は、上代から四百年、五百年の歳月をかけて「日本化」を成し遂げた、つまりは我が国が我が国たるゆえんを打ち立てた、ところが現代ではかえって国家意識が薄れ、混乱状態での西洋化が推し進められてしまった。結果として、日本が本来の日本化を成し遂げることはあり得るのかと問いかける。恆存は、自分はもとより、若い聴衆の目の黒いうちには、そんなことは実現し得ないだろうと言っている。

その次の段落で、恆存は、今ようやくその第一歩を踏み出す時が来ているのではないか、と話を進めている。が、そうだろうか。この講座が開かれてから既に半世紀近くの時が経つ。今、私には、それほど楽観的なことは言えない。半世紀を閲《けみ》して、我々、令和の時代に生きる日本人には国家意識などというものがあるのか、日本が日本たり得るほどの日本化をその後成し遂げて来たと言い得るのか。少なくとも生活様式、住環境、我々を取り巻くありとあらゆるものが西洋化され、なによりも我々日本人から国家意識、自分が日本人であるという矜持《きょうじ》、すべてが消滅しているのではあるまいか。

恆存が繰り返し訴える「近代化」を、あるいは精神の近代化を我々は成し遂げたと言えるだろうか。成し遂げたのは、要する所、恆存の繰り返す「西洋化」であり、「機械化」や「合理化」に過ぎず、恆存の目指した演劇による「近代化」の試みも、結局は挫折したままではないのかと思わざるを得ないのである。さて、これからを生きていく若い方々が本書をどう捉えるか、恒存の目指したものが正しいとして、それが実現するか否かは、これからの若い世代の肩にこそ掛かっているのであろう。

最後に、蛇足ながら「処世術から宗教まで」という恒存の付けた講演のタイトルについて——父の言葉を思い出す——「タイトルをこうしておきゃあ、なにを喋ってもいいわけだろう、気楽なものさ」（！）。つまり、このタイトルなら「形而下」から「形而上」まで、即ち、この世の何を題材に取り上げてもいいわけで、下半身から神まで、その時思いついたことを思いつくままに話せるわけだ、というのである。それにしては、今回読み直して、思いのほかというか、徹底してタイトルに忠実な講演の展開となっている。福田恒存、やはり、生真面目だったのであろう、呵々。

最後に、簡略ながら、本書刊行に当たり、文藝春秋の西氏と編輯の作業を引き継いで下さった東郷雄多氏に深甚なる謝意を表したい。

令和五年十一月二十日　恒存の命日に——

福田恆存（ふくだ つねあり）

1912（大正元）年、東京本郷に生れる。東京大学英文科卒業。中学教師、雑誌編集者、大学講師などを経て、戦後、文筆活動に入る。評論、翻訳、劇作、演出の他、チャタレイ裁判では特別弁護人を務め、自ら劇団「雲」（後に「昴」）を主宰。国語の新かな、略字化には生涯を通じて抗した。1956（昭和31）年、『ハムレット』の翻訳演出で芸術選奨文部大臣賞。主著に『作家の態度』『近代の宿命』『小説の運命』『私の幸福論』など。1994（平成6）年、没。

文春新書

1445

福《ふく》田《だ》恆存《つねあり》の言《こと》葉《ば》　処世術《しよせいじゆつ》から宗教《しゆうきよう》まで

2024年2月20日　第1刷発行
2024年3月15日　第2刷発行

著　者　福田恆存
発行者　大松芳男
発行所　株式会社 文藝春秋

〒102-8008　東京都千代田区紀尾井町3-23
電話（03）3265-1211（代表）

印刷所　理想社
付物印刷　大日本印刷
製本所　大口製本

定価はカバーに表示してあります。
万一、落丁・乱丁の場合は小社製作部宛お送り下さい。
送料小社負担でお取替え致します。

ISBN978-4-16-661445-5